当代名家散文精选
阮直/主编

洪巧俊 著

把灵魂揉进泥巴里

中国书籍出版社
China Book Press

图书在版编目（CIP）数据

把灵魂揉进泥巴里 / 洪巧俊著. --北京：中国书籍出版社，2024.4
（当代名家散文精选 / 阮直主编）
ISBN 978-7-5068-9832-4

Ⅰ.①把… Ⅱ.①洪… Ⅲ.①散文集-中国-当代 Ⅳ.①I267

中国国家版本馆 CIP 数据核字（2024）第 072249 号

把灵魂揉进泥巴里

洪巧俊　著

图书策划	许甜甜　成晓春
责任编辑	李　新
装帧设计	书香力扬
责任印制	孙马飞　马　芝
出版发行	中国书籍出版社
地　　址	北京市丰台区三路居路 97 号（邮编：100073）
电　　话	（010）52257143（总编室）　（010）52257140（发行部）
电子邮箱	eo@chinabp.com.cn
经　　销	全国新华书店
印　　刷	四川科德彩色数码科技有限公司
开　　本	880 毫米×1230 毫米　1/32
字　　数	175 千字
印　　张	8.125
版　　次	2024 年 4 月第 1 版
印　　次	2024 年 4 月第 1 次印刷
书　　号	ISBN 978-7-5068-9832-4
总 定 价	218.00 元（全 4 册）

版权所有　翻印必究

换一首曲子唱还是精彩

阮 直

这里，我向广大读者郑重推荐这部丛书的朱大路、王乾荣、洪巧俊、赵青云4位作家。他们都是在文坛耕耘多年的名家，写出吾土吾民吾精神的"国民作家"，今天他们是"换了一首曲子唱"的，但一样唱出精彩，唱出韵味，唱出品位。这些作家其实都是以杂文写作为主的名家，其中3位是职业编辑，而编辑的主要作品也是杂文、评论类作品，但他们的散文着实让我眼前一亮。

通过阅读本丛书的部分样册，我对这套丛书形成了如下印象：首先，杂文家写散文不算陌生，因为杂文、散文原本就是孪生兄弟。如今，他们将笔端轻移，用散文来表达世界，魔术一般地将关公耍了一辈子的大刀，变成赵子龙的长枪，几位老师舞起"新武器"依旧神采飞扬。因为，4位"大侠"平时"暗里"也都操练过"十八般武器"的若干种，今天细品他们的散文作品也别有一番滋味在心头。

我也主编过几部丛书,但是从没敢想到有机会为我的老师编一套高含金量的散文丛书来"反哺"他们,这是我的幸运与荣誉,也是此生最美好的"炫耀"。

朱大路先生是《文汇报》"笔会"副刊的资深编辑,他对中国杂文的贡献,不仅仅享有杂文家的美称,更重要的贡献在于他是资深编辑,在这个平台上他发现、挖掘出很多优秀作者,使他们成为当代著名的杂文家。另外,一些久负盛名的杂文家,比如何满子、冯英子、舒展、严秀、牧惠、章明、黄一龙、朱铁志等等,也都是"笔会"朱大路先生的常客。我当年写杂文是用钢笔写在稿纸上邮寄给《文汇报》"笔会"编辑部的,正是朱大路先生的首肯,才与朱大路先生有了"勾连"。朱大路先生不仅写杂文,也出版过散文集、长篇小说,是杂文作家中跨界最广、"换曲子"甚至换"唱法"的高人。

王乾荣先生是我仰慕已久的杂文家,他也是每年辽宁人社版杂文年度选的责任编辑。其中2006年的年选,王乾荣下足了功夫,他对当年选本的135位作者的156篇作品一一进行要言不烦的点评,写下了3万多字序言;2012年的序,他又将所选130多篇杂文逐一点评,计1万多字——这在大陆各类体裁的"年度选"版本中创下了"空前绝后"的奇迹。

作为职业编辑,王乾荣先生主编的《法制日报·特刊》几乎汇聚了当时最著名杂文家的作品。《法制日报》(2022年更名为《法治日报》)在国家级的大报层面,其评论、杂文都以思想深邃、观点尖锐、文采飞扬而著称,这完全得益于王乾荣先生本身就是一位优秀的杂文家、一个功夫深厚的语言学专家,他在新闻出版界极富盛名。他早已经国家新闻出版署评为高级编辑，对于百度对他早年加入中国作协时介绍的主任编辑职称词条，却毫不在乎，怕麻烦也不去改。

洪巧俊先生虽然是一家地方报社的民生时评部主任，但是名气大得早早出圈。由于他在农村生活了近30年（高考落榜回乡种了8年田），后到县委机关与地方报社工作也常跑乡村调研，对农民和农村问题有自己独到的见解和体会，在民间影响深远。当时，他也是中国"三农"问题和取消"农业税"最早的提出者之一，远远早于那些专家，也算是"三农"领域里的一条"鲶鱼"效应的制造者，为中国"三农"问题专家、学者提出了另一个角度的思维，来考量"三农问题"。他是全国发表"三农"评论与杂文最多的人。

记得在博客走红的那些年，洪巧俊先生是超亿量点击率的博主。他的"博文"几乎是100%地被新浪、搜狐、凤凰（当时）等各大网站纷纷转载。洪巧俊先生有时一篇文章引起的争论波长竟能持续几个月都无法被覆盖。

认识赵青云先生实属有些偶然，当时是《人民日报》社驻浙江记者站原站长赵相如先生介绍的。那年中秋节假期，他们邀请我去参加赵青云作品研讨会，并通过我请了朱铁志先生。赵青云是地方上的厅级领导，是复旦大学哲学博士，复旦大学国际关系与公共事务学院特聘研究员与客座教授，典型的学者型的作家；他还是中国作协、中国书协的"双料"国字号会员。他出过多部作品集，其中一部《廉镜漫笔》影响深远，是为自己的每一篇杂文配上一幅廉政漫画，获评第四届全国党员教育培训教材展示交流活动优秀教材,很多地区的纪检委都把这部书列为党员干部教育的一份必学书目,还走出国门被翻译成外文版,成为"中国廉政文化走出去第一书",宣传了中国制度和中华文化的优越性,影响极大。

老骥伏枥,志在千里。4位作家在"杂文式微"的当下,换一首曲子唱依旧精彩,这正是他们生命嘹亮、创作旺盛的一种见证吧。恰如清代评论家沈德潜所言:"有第一等襟抱,第一等学识,斯有第一等真诗。"作为我的良师益友,能为此做出一点奉献,让我此生欣慰而倍感鼓舞!

值此丛书即将出版之际,我不揣文陋笔拙,撰此短文,聊以为序。

目录 CONTENTS

辑一　人生需要一把好壶

泥土与黄金谁有价？ | 002
人生需要一把好壶 | 005
"葛军现象" | 008
潮州壶：从千年历史走来 | 012
把灵魂揉进泥巴里 | 019
鉴赏的艺术 | 027
壶痴 | 031
制壶大家无不是"童子功" | 035
诗与壶 | 038
均衡之美 | 056
雕塑家手中的壶 | 059

读壶的艺术 | 063
款印对壶的价值 | 067
读壶人生与泡茶之乐 | 070
一把壶1449万元卖的是什么？ | 073
文化是壶艺的灵魂 | 076
文化的穿透力 | 081
捏壶 | 085
石瓢 | 088

辑二　画人生

复活的古沉木 | 094
画人生 | 099
追寻"雨过天青" | 104
国家的宝贝 | 108
三次印象 | 115
瓷雕艺术 | 119
百屏灯 | 125
有情与无情 | 129
像诗一样瑰丽的书法 | 132
行走中的韩愈与《读》 | 136

美得诱人 | 139
童趣 | 142
会玩的人 | 145
人生之石上的诗意 | 151
结晶釉彩画的开创者 | 158

辑三　风车的哲学

玩茶童子 | 166
只求杯中茶汤甘 | 175
南方有嘉木 | 177
你的爱是星辰大海 | 183
家乡情怀 | 187
你想象不到的角色转换 | 190
藏家把艺术藏在心里 | 195
新谚语：泥巴里爬不出洪巧俊 | 198
一辈子不种田 | 201
放飞的八哥 | 204
被打压出来的名人 | 208
城市以古老为骄傲 | 211
风车的哲学 | 214

人的多米诺骨牌效应	216
爱的细节	219
孩子成长怎能离开阅读？	221
爱情在我们生命中的力量	226
那个被绳子拴着的孩子	230
加仂	233
村庄的孤独	237
当癞蛤蟆吃到天鹅蛋……	240
什么是兄弟？	244

辑一

人生需要一把好壶

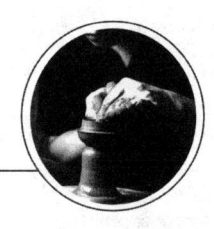

读一把好壶犹如读一本好书。好书犹如一壶清茗，沁人心脾；好书犹如一池澈水，静人心弦；好书犹如一位美女，让人心醉。其实一把好壶，泡出的好茶，香气沁人心脾，山韵静人心弦，回甘让人心醉；细细地品味，你是在吸取大自然的精气，又似乎在游历山川河流，从中感悟人生的真谛。

泥土与黄金谁有价？

少林寺一位得道高僧对火头僧说："一块金子，一堆烂泥，哪个有用处？"

火头僧答："俺猜金子吧。"

这是电影《新少林寺》的一个镜头，其实我们当中有很多人会如这个火头僧一样回答。

高僧再问："给你一粒种子呢？"

高僧的这问，让我想起多年前看过的一篇寓言，叫《金子与泥土》，说一块金子落在一块泥土上。金子黄灿灿的耀人眼目，泥土黑乎乎的黯然失色。金子看了看自己，又看了看泥土，优越感油然而生。它不屑地问泥土："在我面前你一定很自卑吧？"泥土回答说："不好意思，我没有半点自卑。"接着反问道，"你以为你存在的价值一定比我大吗？"金子说："不是我吹牛，我的价值无论什么时候都比你大。"泥土说："话可不要说得太绝对。价值大不大，不能一概而论，而要看在谁眼中。"

此话还真对，要看在谁眼中。后面故事就是那位高僧讲到的，当给一颗种子，黄金不能使种子发芽、结果，而泥土就可以。

要是闹饥荒，有了种子，泥土的价值就更不一般。

著名美术史家、美术评论家陈传席讲了另一种泥土与黄金谁有价的故事。他说朱元璋是个叫花子出身，他当家以后，皇家享受的东西他不叫别人享受。他规定商人不准用金用银。商人有钱也没地方花了，但是他们也有办法，你不让我用金，不让我用银，我就把这紫砂壶做得非常精致。

商人出重金买壶，紫砂艺人卖一把壶就够吃一年的，他就细细研究怎么做，他还有资金和当时的文人请教，这个壶就越做越好。一时之间"泥土与黄金争价"，黄金的价钱还不如泥土贵。

当然，那时商人可卖丝绸，但不准穿丝绸，农民允许穿丝绸，但没钱买，这就是朱元璋这个叫花子的奸诈。那时商人都很富有，也很聪明，你不让我们穿丝绸戴金银，我们把文化玩进壶里总可以吧？紫砂壶就这样达到兴盛期。于是涌现了供春、董翰、赵梁、时大彬、徐友泉、惠孟臣等制壶名家。紫泥经他们的手制成壶，又何止是黄金价？

再说现代的吧，顾景舟是 20 世纪最牛的制壶师，他的一把不到 500 克的壶拍卖到 1400 多万元，平均每克达 2.8 万元。而 21 世纪章燕明制的一把《中华大鼎》，2013 年朋友卖了 8.6 万元，201 克，平均每克 427.8 元，显然价高于黄金。

10 多年前章燕明制作的那把在网上引起争论的世界最小壶，重 0.55 克，有人出价 10 万要买走此壶，章燕明不肯卖，所以我们去章燕明艺术馆还可以欣赏到这奇特的珍品。

0.55 克 10 万元，一克泥土多少钱？18 万元。当然，你会说这哪是泥土，这是艺术珍品。

但是如果你拿这 0.55 克的壶给偏远山村老农看，说 100 元钱卖给他，他肯定不要，这个是小玩具又不能泡茶。就是你把那 1400 多万元的顾景舟的壶，卖给他 1 万元也不会要。如果你说此壶价值 1400 多万元，你别把他吓倒了，1400 万，乡下娶个媳妇彩礼才 18.8 万元，村里可娶多少个媳妇？自建一幢小洋房也才 30 多万元，可建 40 多幢小洋房。说这样一把泥巴壶卖 1400 多万元，他们打死也不会相信。

这就是泥土与黄金在大众眼中的价值，也是富人与穷人消费观的差别。

人生需要一把好壶

老吴是个生意人，用他自己的话说，就是那代最早觉醒的人，那时刚刚包产到户，村里人是勤劳刨土，想在地里发家致富，他却去外面淘金——跑到东北肩挑担子卖眼镜。

他说那时卖眼镜是个暴利时代，镜框批发是5毛钱、镜片一毛二，一副眼镜装好后，他就能卖到5元10元，甚至百元。

他说第一年卖眼镜坐火车回家，他背了一个装化肥的蛇皮袋，里面全是十元一张的人民币，那时十元是最大的面额。他是一路坐在蛇皮袋上回到家乡的，回家的第一件事，除了春节后进货的钱、家用的钱，都存进了乡里的信用社。

春节过后，老吴进好货，背着大包小包又去了东北。几年之后，他在天津坐店经营，他说，有位大爷常去他店里买眼镜配眼镜，每次去他店里都看到大爷左手拿只壶，边说话边把壶嘴伸进口里啜两口。后来老吴与这位大爷成了好朋友，去过他家。

大爷家虽然很简陋，但却有个茶室，里面摆着很多壶，大爷从中拿出一把壶说："这把壶比我爷爷的爷爷还老，平时我舍不得用，今天是贵客临门，用这把老壶泡一壶陈年古树茶来喝。"

老吴知道大爷尊他为贵客，是大爷的妻子一次生急病，一时凑不到那么多看病的钱,大爷向老吴开口借多少,老吴就拿多少给他,还说不够再来拿。

老吴也喝茶,喝的是家乡的绿茶,用个大玻璃杯,撮一点茶叶放进大杯子里,然后拿起热水瓶倒满大杯,喝完了又倒。喝的时候是咕嘟咕嘟般的牛饮。

他还是第一次看见用紫砂壶泡茶喝。大爷先把茶叶放进一块宣纸上,然后在小炉火上面烤,拿着宣纸的双手在炉火上面轻轻摇着。半分钟后,他从宣纸的一角慢慢地把茶叶倒进壶中。水开了,大爷并没有立马往茶壶中冲水,而是等水壶里的水不响了,才拿起水壶缓缓地往茶壶中注水,生怕烫伤了茶叶。壶里的水注满了,大爷刮沫淋盖,最后才均匀出汤。

顿时茶香四溢,老吴端起茶杯喝了一口,清甜可口。茶杯一看就是景德镇的青花瓷,大爷说,这个杯子是康熙年间的。

老吴说,这辈子再也没有喝过那么好喝的茶,回到店里几个小时,喉咙里还有回甘。

我说,你有大爷那样的好茶好水,但你却没有大爷那样的好壶好杯,这就是老茶具的妙处。

临走时,大爷要送老吴一把壶,老吴知道那是大爷心爱之物,坚决不肯收,只问大爷那些壶从哪里买来的,买壶有哪些技巧?从此老吴一边经商,一边跑江苏宜兴,也跑广东潮州,还常去古董市场逛。

老吴说,他第一次去宜兴,用120元钱买了一把顾景舟的壶,这是他收藏的众多壶中最喜欢的一把。这把壶他去哪里就带到哪里,可用"秤不离砣"来形容。

老吴说，有了这把壶，生意从来就没亏过。难道这把壶是你的"呵护神"？

我笑着打趣说。

"你还真说对了。"老吴说，累了，它就提醒你休息一下，坐下泡一壶；心情烦躁时，喝上几杯，拿着热壶搓搓，暖的是手，其实暖的是心，此时的心情如一泓清泉；碰到问题时，不着急，把茗茶放进壶中，像大爷那样轻轻地向茶壶中注水，斟进杯中，一杯一杯地慢慢独饮，独饮是最好的清醒剂……

十年前，有人找到老吴的儿子，要买顾景舟制的这把壶，出价200多万，他儿子心动了，但老吴一点也不心动。

三年前，老吴要颐享天年，把生意交给儿子，也把这把壶交给儿子，老吴只说了一句话："人生需要一把好壶。"

顾景舟的壶，老吴的儿子小吴一直不敢用，买了一块古玉，把壶放在那块古玉上，然后用玻璃罩罩起来，供在家里。

如今小吴走到那哪里带到哪里的那把壶，是老安顺第五代传人章海元大师手拉的方圆壶，这把壶也是老吴收藏的，这把朱泥壶被小吴养得温润如玉。

小吴说，几十年后，当我把生意交给儿子时，这把壶也一同交给他。我会重复父亲的那句话："人生需要一把好壶。"

"葛军现象"

葛军有中国工艺美术大师、中国陶瓷设计艺术大师等四个"国大师"的头衔,这在全国壶艺界是罕见的,但艺术家不是用头衔来说话的,而是用作品来说话。

葛军就是用他的作品来说话,他的这些头衔都是通过作品说话而获得的,他用紫砂语言诠释了自己的陶艺人生,运用自己雕塑专业的优势,使作品多了神韵与文心,从而形成了自己独特的艺术风格。

于是有人把他的这种创作理念叫作"葛军现象"。

"葛军现象"带着时代的烙印奔跑,形成了一股强烈的时尚风。他独创的"色饰法"突破了传统的紫砂艺术,改变了以往传统紫砂"千面一色"的状况,但技法又是回归传统,因为那五彩斑斓的色彩却是传统的原料"五色土"。这让紫砂文化注入了新的元素、新的风格。

我是一个长期研究壶的人,几十年来都在关注壶艺的发展与创新。翻开壶艺的历史长卷,真正能成批创新的作者并不多见,历史上陈曼生是标杆式人物,这就说明壶艺的创新从古至今都是不易。创新是艺术的生命,而葛军一直在创新,正如他作品集的书名一样,创新永远"在路上"。

研究壶的人,都知道葛军,尤其会关注"葛军现象"。关注了"葛军现象",你就是没有见过葛军,也有葛军印象,这就是艺术之魂产生的力量。

我喜欢读壶,曾经写过《读壶的艺术》一文,我在文中说,读懂一把好壶是要艺术眼光的,读壶不仅要有鉴赏壶的能力,而且要具备很深的艺术素养。读壶又如新闻写作,需要敏感,讲究价值。如果有了灵感,你就能在短时间内读懂它,也只有真正读懂了,你才能了解它的内涵,你才知道它的艺术价值。

读一把好壶犹如读一本好书。好书犹如一壶清茗,沁人心脾;好书犹如一池澈水,静人心弦。叶圣陶先生说:"生活犹如源泉,文章犹如溪水,源泉丰盛而不枯竭,溪水自然流个不歇。"其实如果你能读懂壶,当你在读壶时,你定然会有这种心境。

我在另一篇文中说,我喜欢读壶,读一把好壶,往往可以读出作者的心灵。读时大彬的壶,可读出他刚毅稳健的气势,那是古君子之风;读顾景舟的壶,可读出他俊秀飘逸的神韵,那是文人之风范……

那么读葛军的壶又读出了什么?读出了一个又一个故事,读出了"葛军现象"中的艺术之魂。

读壶宛若在读人,读壶品鉴,仁者心动。这段时间我在专心读葛军大师的壶,读他的《将军壶》,读他的《汉风》系列,读他的《行者》系列,读他的《竹林七贤》……

读了葛军这么多壶,知道这样一个道理:制壶之绝佳者,能把己化入壶,是把那种独特的魅力代入壶,把诗情画意赋予壶,把精神灵魂注入壶，使壶成为内涵丰富的作品。

读了葛军那么多壶，懂得这样一个道理：造型美是壶艺术形象的灵魂，造型之美显然来自设计，而艺术设计之美，来源于自然与生活，来自设计者的经验积累，当然还要讲究潜移默化的社会功能，遵循气韵生动的美学原则。从《汉风》到《行者》，可以看到设计者的精心构想，在寻求中获得创新的灵感。

壶艺的艺术设计之美主要是质地美、造型美、装饰美等方面。葛军独创的"色饰法"，是在壶艺的装饰上突破，让壶艺形象更加英姿丽质。这在葛军的《汉风》与《金钱豹》系列中，表现手法尤其突出。而《竹林七贤》与《行者》系列，雕塑的元素油然而生。

当今一些设计者追求的是猎奇与夸张，夸张得偏离壶的本质，这种创作显然是一种败笔。葛军是一位雕塑家，但不猎奇夸张，因为他懂得创作一把好壶，必须做到实用性与艺术性的有机结合。

艺术个性具有两种表现形式：艺术思维的个性和表现技巧的个性。综观当今壶艺的创作，创新少、雷同多。工艺界最难做到的是"不重复别人，也不重复自己"，葛军却一直在朝这个方向努力，这是非常可贵的精神。

那是 2021 年 7 月，我来到了江苏宜兴，在葛军大师的工作室我们聊起了当今壶艺的发展与创新，他也谈了他的人生之路。

我们是同一年高中毕业，我高考名落孙山后回乡务农，因为拥有一个作家梦，我奋斗了 8 年才走出了乡村，被破格录取到县委工作。而葛军坚持了 6 年，终于考取了景德镇陶瓷学院美术系。

他还给我讲起了当初来到宜兴的艰难,以地为铺,只是为了实现人生中的艺术梦。有意思的是,在他40岁时,他给自己起了个斋号叫"五万居",其目标是要实现"五个一万":一万本书、一万瓶酒、一万饼普洱茶、一万幅字画、一万把茶壶。时光流逝,从不惑到知天命,葛军的"五万居"变成了"五味居",从数量的追求,转为品质的追求。如今却是"无谓居",这说明葛军又到了另一种人生境界。

水静可鉴物,心静可观心,人生的最高境界是"静"。如今葛军大部分的时间在寺庙里,即使不在寺庙,他也平静如水。庄子说:"夫虚静恬淡,寂寞无为者,天地之平而道德之至也。"

"虚静"就是使人的精神进入一种无欲无得失无功利的极端平静的状态,这样事物的一切美和丰富性就会展现在眼前。"虚静"是自然的本质,是生命的本质,亦是艺术的本质。

人生需要沉淀,生活要懂得取舍,从葛军大师斋号的变化,不仅能看到他的智慧,而且也能看到他的人生态度和艺术境界。

潮州壶：从千年历史走来

如果你问潮州壶有多少年的历史？我会告诉你至少有 6000 年的历史。应该说，潮州壶是起源于新石器时代，陈桥贝丘遗址的发现，就让我们发现了潮州壶之魂。

从出土的陶器看，这是我们最早发现的手拉坯，虽是粗砂红陶，但可从红罐中寻找到手拉坯壶前世的影子。那时即使没车辘轳，但可一边拍，一边拉，红罐的坯就可成型。

在北京天安门广场的国家博物馆，首层大厅的"中国历史陈列"，就是从浮滨出土的大陶罐开始的。

浮滨这个时期，出了许多能工巧匠，他们建房子、搞冶炼、做陶器……但浮滨人制的陶器至今也是引人注目的。1974 年在饶平县浮滨、联饶两地，出土了长颈大口尊，对尊穿孔壶为主要特色的 147 件酱黑陶器。陶器中出现了前所未有的、明确的玻璃质反光。专家认为，这是陶瓷史上一次重要的质变，这个质变对潮州的陶瓷有着深远的意义。

潮州壶的概念不知是不是这个时候呼之欲出的？那些壶是用来喝水的，还是用来喝酒的？

我们从那些珍藏流传下来的古画中就可以知道唐代就开始盛

行用壶冲茶了，唐代阎立本的《十八学士图》，画面上几个学士有的在对画卷品头论足，有的赏花论诗，有的弈棋品茶，僮仆拿着一把大壶，正给一位双手托着小碗的学士冲茶。有趣的是旁边的桌子上还放着壶，喝茶的小碗与茶叶罐等。唐代的《弈棋侍女图》，是一幅贵妇弈棋、侍婢观棋、儿童嬉戏的工笔风俗画。世人大都关注画中对弈贵妇的神颜多风姿绰约，而我关注的是那位双手托着茶杯的侍女，侍女是不是刚煎好茶，把壶里的茶冲进杯子，再端来给贵妇？

除了这些画，我们从那些诗中可看出唐代饮茶习俗的兴起。仅白居易一人就写了茶诗50余篇，尤为脍炙人口的是卢仝的《走笔谢孟谏议寄新茶》，诗中有这样一句："天子须尝阳羡茶，百草不敢光开花……一碗喉吻润，两碗破孤闷。三碗搜枯肠，唯有文字五千卷……"有人统计，唐代写过茶诗的诗人与文学家有130余人，有茶诗500多首，不知失传的诗文还有多少？

"床前明月光，疑是地上霜。举头望明月，低头思故乡。"这首从小就能背诵的李白的《静夜思》，却让我疑惑几十年，睡在房子里的床上，也能看得到明月？来到潮州后，我恍然大悟，潮州人把桌子也叫"床"，茶桌叫"茶床"，潮语保持许多古老的汉语，被称为"古汉语的活化石"。原来李白是与朋友在露天饮茶赏月，思故乡。

既然唐代那么讲究喝茶，那么当年那个被贬来潮州当刺史的韩愈，带来了崇尚文化，兴办教育之风，是不是也给潮州带来了茶文化？工夫茶会不会始发于这个时候？

这只是我的一种联想。但陈香白先生却在他的《潮州工夫茶》一书中，进行了唐代煎茶法与中国工夫茶之权舆，他还列出了《茶经》"煎茶法"与"潮州工夫茶法"比较表，列出了《茶经》茶具与潮州工夫茶具的比较表。他说，通过列表比较，我们有理由认为：陆羽的"煎茶法"，其实就是"中国工夫茶"之权舆。换句话说，中国工夫茶艺，早在盛唐之时便正式形成，它是中国茶道的载体。

但是潮州唐代不仅有喝茶习俗，还是重点的产茶之地。中国农业科学院茶叶研究所主编的《中国茶树栽培学》认为，潮州是唐代重点产茶的地区。

饮茶当然就要有茶具，我们从唐代的黑釉执壶、唐三彩套杯、唐金银丝结条茶笼子、唐流金茶碾与茶罗等茶器，就知道唐代对待喝茶是多么讲究。

在潮州的历史长河中，宋代是潮州陶瓷发展的里程碑，笔架山宋代百窑遗址足可说明。

《清明上河图》是著名风俗画作品，把北宋京城汴梁和汴河两岸的人物风景，从城里城外都记录了下来，描绘的是开封市井的美丽画卷，"淡薄春风却似秋"，"绿纹溪水趁桥弯"，看那虹桥上人来人往，熙熙攘攘，从桥上下来有一条大街，大街上是一个个忙碌的店铺，汴河旁是码头，旁边也店铺……这是那个时代的百态人生。

其实宋代的潮州生活，也是让人惬意的，可用五彩缤纷，花开似锦来形容。广济桥上下来，也是一条大街，大街上也应是一个个忙碌的店铺，韩江旁也应有一个大码头，因为韩江东岸笔架山上的百窑窑火正旺，每年烧制的6200多万件陶瓷要从这里装运，从韩江码头到广州、漳州、泉州、台湾等地销售，还有运到日本、韩国、东南亚等国销售的。

至今保存的韩江东岸笔架山百窑遗址，就是当年窑火之旺的象征。这一条条土窑依山而起，如龙摆尾，瓦顶若鳞，伸腰拱脊，似龙腾飞的龙窑，烧出了各种各样的陶瓷，当然也烧出了器形不一的壶。

据史料记载，这个时期潮州就有脚踏辘轳，双手旋坯的先进工艺，这种工艺延续了千年。几十年前，潮州从事手拉坯壶的艺人，依然还是脚踏辘轳，双手旋坯的。也不知是不是这个时候，潮州人就开始拉手拉坯壶了？

苏东坡来过潮州是无疑的，苏东坡送茶盂给许珏也是无疑的，茶盂是宋代一个关系到茶的烹点方法的关键性茶器。苏东坡在他的《过阴那山》序中告诉我们，他来过潮州，在潮州住了6天，时间是谪惠州次年正月十二日起。他曾到潮州城南韩庙、韩山和金沙溪等地参观考察韩文公遗迹，并留下不少有趣的故事传说。

苏东坡来潮州得到了名士王介石和许珏的热情接待。来了4天，也就是当年正月十六日，他作了《酒子赋》，并在序中称："潮人王介石，泉人许珏以是饷予，因作此赋。"

苏东坡在《与邓安道书》记有："宝积（寺名，在潮州城南门外）行无以为寄，潮州酒一瓶并建（指福建建阳，古称建州）茶少许，不免罪渎。"又在《跋东皋子传》云："梅州送酒者适至，独尝一杯，径（居然）醉，遂书此纸以寄谭使君。东坡不能饮，而喜人饮酒，当以潮州酒为佳也。"

大文豪苏东坡不但擅长酿酒，更是品酒"高人"。可惜后来罕有人重视潮州米酒的这段不凡历史，当然也忘了苏东坡用潮州壶烹潮州凤凰茶的传说。

苏东坡在儋州为何要赠许珏茶盂，那是因为当年苏东坡来潮州时，许珏送过苏东坡一把潮州壶。

1095年，是苏东坡被贬惠州的第二年，他在正月十二来到潮州。一天，苏东坡在许珏家吃过午饭后，来到了许珏家的茶室。许珏拿出了凤凰山的茶来烹，山泉水在壶中烧开，许珏取了一小竹勺凤凰茶放进壶中，顿时茶香四溢，他把壶从红泥炭炉上提起来，再把茶缓缓倒进杯里。

古老的茶道讲究"活火烹茶"，许珏用的是橄榄炭，潮州产乌橄榄，用乌橄榄核烧制成的炭，易燃，燃起后焰火呈蓝色跳跃，火匀而不紧不慢，无烟，清香，还耐烧。难怪苏东坡会有这样的诗："活水还须活火烹，自临钓石取深情。"

茶汤是金黄色的，淡淡的香味沁人心脾，苏东坡端起杯子闻了闻，轻抿一口，满口清香，回甘悠长，喝完后再拿起杯子在鼻尖嗅了嗅，杯中留香，那是老枞的韵味。

那为什么苏东坡说"潮州酒一瓶并建茶少许"，建茶因产于福建建溪流域而得名。建茶产在宋代福建建安县（今建瓯）的北苑凤凰山，北苑贡茶在中国茶叶御贡史上鳌占了450多年的绝代风骚。

宋代潮州的凤凰山也产茶，但远远没有建安县凤凰山而闻名遐迩，但潮州凤凰山也盛产茶，且销往日本、东南亚等地。苏东坡听说是凤凰茶，而误以为是建安县凤凰山的茶，其实是潮州的凤凰茶。

苏东坡喝着茶，看着许珏手中的壶问："这壶温润如玉，高雅大气，是哪里产的？"

许珏说："这壶我还有一把，是准备送给东坡兄的。我们潮州尽管每年生产几千万件瓷器，但心爱的茶器却是要讲究缘分的。"

苏东坡爱喝茶，许珏送壶给苏东坡，苏东坡后来还礼送茶盂给许珏，这事也是可信的。

千年历史，多少往事俱烟云，多少府第荡然无存，然而这座北宋的许驸马府仍在，当我走进去，寻找当年许珏与苏东坡喝茶的地方，仿佛茶香四溢，诗从古远而来……

这是我在《潮州壶的前世今生》一书中写的故事。为了写这本书，六年来我看了几百本茶与壶的书，一边看，一边做笔记，还要研究分析，寻找与潮州有关的蛛丝马迹。这种研究，让我知道，其实潮州制壶工艺并非从宜兴学来的，潮州制壶工艺已有千年历史，你只要细细地研究与考证，就能发现从潮州生产的陶瓷壶，到后来的朱泥壶，制作工艺几乎是一样的，只不过是换了一种材质。

每个时代喝茶方式的改变，都会引来茶器的大变革。明代喝茶方式的改变，产生了宜兴紫砂壶与潮州朱泥壶。

那是 2016 年 6 月，应泰国旅游局之邀，我去泰国考察。考察中我们来到泰国国家博物馆，看到了一把手拉坯朱泥壶，讲解员说这把壶来自潮州，至今有 300 多年的历史。这把经典的梨形壶，很适合泡工夫茶。

有专家告诉我，进入中南海紫光阁的艺术品，代表着中国工艺的最高水平，虽然潮州手拉坯朱泥壶比宜兴晚进20年，但这是潮州手拉坯朱泥壶质的飞跃，是艺术的里程碑。那是2006年，章燕明、章海元父子创作的《祝寿》《十全十美》《鱼乐图》3套共13件入选进入中南海紫光阁。如果是以件来计算，章燕明大师应是中国壶艺界作品被中南海紫光阁收入最多的人。

2020年，章海元制作、洪巧俊设计的《诗与壶》系列作品一公开，就引发了关注，连《人民日报》《南方日报》也大篇幅地宣传推介，这是因为壶从来就没有形成过体系，而《诗与壶》填补了历史空白，形成了诗的体系，让壶中有诗，诗中有壶。

21世纪以来，潮州手拉壶得到了前所未有的发展，且人才辈出，他们制作了一大批既实用，又有艺术收藏价值的作品，比如《长虹贯岳》《圆》《紫晞》《敦煌艺术》《沙漠绿洲》《远古》《脸谱》《荷塘月色》《汉风流韵》等等，都有自己独特的风格。

潮州手拉壶的春天来了，历史将会记载这代不断精进的壶艺人。

把灵魂揉进泥巴里

一

"把灵魂揉进泥巴里",这是章海元说的一句话。因为一坨坨泥巴,经他的手就能成为一把把手拉坯朱泥壶,成为进入艺术殿堂的艺术品。

他被称为"壶艺魔术大师",被广东省人民政府授为"第三届南粤技术能手",还获得"广东省岗位技术能手标兵""广东省陶瓷行业优秀艺术家"等称号。章海元凭着自己的拼搏努力,将潮州手拉壶"拉"上了大雅之堂。他说,作为潮州手拉坯朱泥壶的传承人,这是时代赋予他的使命,而他也见证了传统手工艺人迎来了"春天"。

在章海元的展厅墙上,挂着他在各种重要场合"秀"壶艺的照片——2005 年 11 月,第十三届国际潮团联谊在澳门隆重举行,章海元应邀演示制作传统工艺手拉坯朱泥壶,时任澳门特别行政区行政长官何厚铧观看了章海元现场拉壶。

2018 年 9 月,法国中国潮州文化交流周在法国巴黎十三区举行，在长达一周的潮州文化海外展示活动中，潮州多项非遗在此展示，其间章海元为海外各界人士演示潮州手拉壶技艺。

飞转的圆盘上，一团湿软的朱泥旋成圆柱形，随着双手按压，又渐渐地变成了空心圆筒。围观的人们瞪大眼睛，看着章海元那双灵巧的手变"魔术"：手指轻抚摩挲着圆筒，不一会儿，圆筒被塑出柔顺的曲线，这时几个观看的外国人尖叫起来了，原来是一把身姿丰腴的手拉坯壶在他们眼前诞生了。

潮州手拉坯朱泥壶最大的特点，就是"手拉"两字，这也是它与宜兴紫砂壶等最根本的区别。制作手拉壶的难度是嘴、把、钮要形成直线，和谐统一、浑然一体。章海元不用工具测量，光凭眼光的丈量，却不差分毫。

不少来宾看了不过瘾，要亲身体验一下。圆盘旋转起来，可来宾手中的那坨泥巴就是不听使唤，东倒西歪，左凸右凹，费了好大一番工夫，就是成不了壶的模样。如果不是亲身体验制壶的滋味，很难想象壶艺大师的本领究竟有多高！这种技术活要真正做好，需要长年累月不断地练习。

技艺技法、文化底蕴、胸怀心境，是造就艺术大师不可或缺的重要因素。多年潜心学习，精心创作，才有章海元今天的成就。

其实早在十多年前，法国就有不少人在玩章家父子的壶。章海元的父亲章燕明，是中国陶瓷艺术大师、百年老字号"老安顺"的第四代传人，而章海元是广东省工艺美术大师、"老安顺"第五代传人，他们共同创作的壶很受法国（里昂）茶道协会会长北歌女士的青睐，她几乎每天都随身携带着并时常从口袋里拿出来赏玩的一把精致茶壶，就是章家父子制作的千环壶。伦敦市中心的特色茶店"Postcart Teas"也摆着章家父子的手拉坯朱泥壶，主人 Tim 是一位足迹遍布世界的茶叶专家。一次，Tim 购买了一把普通的成品朱泥壶回国，试用了半年后，发现用朱泥壶沏出的茶香气更为特别，而且壶身也越"养"越靓。于是他希望可以订制一批朱泥壶作品，丰富自己在伦敦的茶店。

从此之后，章氏父子每年都会接到来自大洋彼岸的订单。由于章海元手法娴然，心灵手巧，作品既有实用性，又有艺术观赏性，深受东南亚及中国台港等地收藏家喜爱。此外，他的作品还被新西兰非物质文化遗产中心永久收藏。

二

章海元出生于 1975 年，在传统工艺手拉坯朱泥壶的路上摸爬滚打了近 40 年。他说："我 8 岁起就边读书边跟爷爷和父亲学习制壶，这么多年一直坚持下来，靠的就是一种信念。因为我们明白，作为一个手工艺人，技艺不精，凡事难成。"从 8 岁开始做壶，业界称之为"童子功"，也有人说他是一个年龄不老的"老艺人"。

几十年过去了，章海元至今还记得第一次制壶的情景：与现在电动的辘轳不同，那时候的蘑菇车是需要用脚踩的。放学后，章海元将书包放下，就帮爷爷踩蘑菇车。那时年纪小，踩蘑菇车很吃力，但他还是很卖力。尽管累，但等爷爷休息时，他就拿一块泥上去，坐下、拍泥，蘑菇车转起来。泥在手中忽上忽下，一会儿扁一会儿厚。海元有些纳闷，平日看似容易的活，怎么就不听使唤了？折腾来折腾去，那块泥终于成了个器型，但不是壶坯，只是个厚厚的杯子。不服输的章海元将这个泥杯揉成一团，对自己说，我一定要做出把好壶来。

此后，5年的"助脚"，不仅仅踩蘑菇车，而是边踩边揣摩爷爷如何做壶。后来爷爷奖励他一辆价值300多元的自行车，那是因为他的制壶基本功扎实，还能独立完成制壶。

20世纪90年代，百年"老安顺"的名气早已在外，台湾壶商慕名前来订壶。订单源源不断，祖孙三代就在蘑菇车边不停制壶。"那个时候真的太苦啊！"章海元对于那个年代的记忆有些心酸。每天六七点起床赶工，一直拉到深夜甚至次日凌晨一两点。

在蘑菇车边打盹是常有的事，实在困得不行了，"冷水洗把脸，回来继续拉"。只有多做，才能熟能生巧！"要出人头地，就要比别人付出更多。"从那时起，章海元就一直这么认为。

对于章海元和父亲而言，从高产到精致的转变，却是来自壶商的压力。那是20世纪90年代，台湾壶商对章海元父子提出了新的要求：做精致的高端壶。台湾商人不仅要他们模仿古代名壶，还拿来了许多陶瓷设计师设计的壶艺作品要他们做。

早年台湾商人是要数量，章家一天做几十把，如今台湾商人不要数量，要精品，一把价格从几十元，提到几百元，甚至千元。这是一种挑战，从模仿到创新，从泥料到技艺，从材质结构到造型乃至文化内涵，章海元与父亲及友人一起钻研。

"除了勤练手艺，构思、钻研、实验也需花大量时间，因此常常觉得时间不够用。"一个始终有执着追求的人，一个埋头创新,要创作出更多有个性作品的人,时间又怎么够用?

有一把壶,章海元曾断断续续做了三年多的时间,这是他迄今做的时间跨度最长的一把壶,这把壶叫《问》。当年我设计家设计了这样一把壶,壶形似"?",壶钮是"?"上面的钩,而壶身是"?"下面的点,但壶做出来当然与"?"上下结构正好相反的,"?"是上大下小,而壶是上小下大,钮显然要小,壶身要大。壶身易做,拉一个圆体,但壶钮要做到既形象又实用,有难度。

几天之后,《问》的壶坯做出来了,章海元请我来看,看了,我摇了摇头说:"还不那么形象。"他觉得,钮固然要实用,但过度考虑实用,显然艺术性就不会强。

重来!章海元重新制作了一把,我看了说:"少了灵动感。"他做了一次又一次,我还是摇头。章海元把每次做的《问》摆在茶几上,总共11把,他一把把进行对照比较,虽然一次比一次好,但我就是说不是理想中的《问》。

于是章海元决定停下来,等找到灵感再做。三个多月,他的脑海始终萦绕着那把"壶",可总是没有创作的冲动。有天晚上,他睡到半夜,梦见自己在做《问》,他听到我对他说:"这才是我想要的意境。"

梦醒了,他悄悄地起床,来到了工作室,拿出一个泥坯,搓着泥,做着壶钮,安装在盖上。安装好,他左看看,右看看,又往后退几步来看,心里想,这下我肯定会说行。

可当我看了以后,还是给章海元泼了一盆冷水:"比前面的好点,但就是少了点神韵。"

两年多后，章海元又制作了一把线条流畅、形象生动的《问》，他兴奋地打电话叫设计家来看。我仔细观摩，轻声说："感觉就是少了那么一点点韵，少一点点韵，壶就不会那么神了。"

海元虽然有些失望，但他绝不认输。艺术是无止境的，他想起了2005年，著名陶瓷设计家、清华大学美术学院张守智教授设计了一把《紫晞》，叫他父亲章燕明做，壶身是章海元拉的。他父亲是严格按照张守智先生的设计图来做，各个部位的高多少，直径多少，都标注得很清楚，按理严格按照图来做，应该完美，但烧出来，由于朱泥的收缩率高，把的弧度还是差那么一点，但就这一点，却是"差之毫厘，失之千里"。

海元至今也不会忘记，父亲几个晚上在工作室做《紫晞》的把，做了安，安了拆，反反复复地做，反反复复地安，直到深夜。他的父亲章燕明认为满意了，才拿去烧，烧了之后，又来比较，直到自己觉得是精品为止。

张守智先生从北京来到了潮州，来到了章燕明的工作室，当看到《紫晞》后，兴奋地说："比我想象的还要制作得好。"

艺术家要精益求精，还要耐得住寂寞与孤独，而章燕明这种耐得住孤独的精神，却传承到了章海元的身上。就是因为有这种精神，章海元终于把《问》做成功了。

三

潮州手拉坯朱泥壶作为一种冲茶用具，讲究做工细致精湛，它同时也是一种传统手工艺品，因此又有艺术与文化的品性。在追求技艺精湛的基础上,让手拉壶展现更多的艺术和文化品质是章海元多年来不渝的追求。

潮州手拉朱泥壶制作采用拉坯车旋转制陶技法,手工拉坯成型,一圆可万变。其制作过程要经过拉、修、批、烧等近六十道工序。成品既具有工艺美感,更具有实用功能。

几十年的积累,让章海元厚积而薄发,近年来,章海元逐渐成了业界瞩目的焦点人物。他创作的作品屡屡在亚太经合组织、"一带一路"国际合作高峰论坛、中央电视台元宵节特辑等重要活动场合亮相。也正是章海元在艺术上的不断追求,使他的作品受到了业界人士的普遍喜爱。其作品不仅被海内外争相收藏,还被中国美术馆、中南海紫光阁收藏,标志着潮州手拉壶登上了国家级艺术殿堂。早在2006年11月,章海元和父亲章燕明制作的《鱼乐图》《十全十美》《祝寿》被中南海紫光阁收藏,与江苏宜兴壶艺泰斗顾景舟、蒋蓉等人的作品摆在一起,有专家说,这里收藏的艺术品代表着中国工艺品的最高水平。

2007年6月,章海元和父亲章燕明制作的《长虹贯岳》《圆》《紫晞》被中国美术馆收藏。

2014年11月,亚太经合组织会议期间,多国的总统夫人和上海合作组织秘书长夫人到首都博物馆参观。在戏楼里,伴随着民乐《花好月圆》的悠扬旋律,展现中国传统文化和北京风情的《古都风韵》徐徐上演:茶道、花道……让来宾们看得十分入迷。章海元是此次会议上唯一被展示壶艺作品的工艺大师,在茶道表演上展示了他的提梁壶《圆梦》与《富贵》。

"每个有梦的地方都盛开着希望。梦是心灵的思想,是我们秘密的真情，人生有许多梦想需要变成现实，当理想变成现实，梦就已圆。"章海元根据这个理念创作了《圆梦》。

《圆梦》是一把提梁壶（物件都是圆：提梁圆、壶盖圆、壶身圆……），提梁如彩虹，壶形似大地，造型讲究，器型高大，神采飞扬，杯子代表着一个个梦想，其意就是当每个中国人的梦想都聚集在一起的时候，就会聚成一个强大的中国梦。

2017 年，章海元的手拉壶作品《丝韵春风》被选为"一带一路"国际合作高峰论坛的特制礼品。2018 年 3 月 2 日，央视音乐频道《唱响新时代》元宵节特辑，在主持人桌前摆放着 6 把潮州手拉朱泥壶，正是章燕明、章海元父子创作的作品。2018 年 10 月，章海元制作的《岁月留白》《沙漠之神》《一唱三叹》等被中国工艺美术馆收藏。

功夫不负有心人，章海元的作品屡获好评，多次获得国家级特别金奖和金奖。

章海元不仅创作了《敦煌艺术》，他还创作了绞泥壶《梦里水乡》《祥云捧日》《彩虹满天下》《一带一路》……

每一把都有画的意趣，诗的意境；每一把都有独特的艺术个性，让人爱不释手。绞泥壶是运用两种或两种以上不同颜色的泥料相互揉和、挤压形成自然纹路的陶瓷装饰技法，这种技法可追溯到唐代。绞泥工艺难度大，但通过绞泥的装饰变化，使壶更有艺术观赏性。由于章海元等艺人敢于创新，制作出的一把把潮州绞泥壶姿态万千，别具风韵。

诗人是把灵魂倾注在语言的情感里，壶艺家是把灵魂倾注在艺术的泥巴里。

鉴赏的艺术

常有朋友来我家请教如何鉴赏壶，也有不少壶艺师请我去鉴赏他们的壶，提出一些意见。别看他们是壶艺师，但不是会做壶就会鉴赏壶，有的做了半辈子壶，也缺少鉴赏的眼光。

鉴赏壶要眼光，还要有一定的学识与研究。对于一般人来说，主要从如下几点来看：壶是否有三点成一直线，这是指壶的嘴（出水口）、壶把、钮要成一直线；壶的整体与各部分的组合是不是很匀称；壶嘴流水是不是顺畅有力，用手提起茶壶是不是感觉称手，重心是不是适可而止；壶盖与壶身的严密度高不高，壶底壶面滑润与落款是否整齐等。

但我认为这是鉴赏的初级阶段。一把壶，如果壶艺师没做出以上的要求，这把壶就是不合格的次品。

壶艺欣赏是个高格调的事情，艺术往往是相通的，欣赏一把壶犹如欣赏一幅画，欣赏一幅画，一看构图，二看色彩，三看光影，四看笔触。

而欣赏壶，一看壶形，二看材质，三看线条，四看神韵。我们看一幅画时，第一眼看到的首先是大致结构，构图是对一幅画作整体的把控力，也决定了画作的广度和深度。

如果把壶看作是一幅画，壶形就是画的构图，形的美感对欣赏者来说是最直接的，对艺术作品的形式美的感受也是最为干脆的，在壶的形式美的所有因素里，结构形态美感是重要的基础。

我们从历代的名壶中可以看出，比如时大彬的"扁壶""僧帽壶"，陈曼生的"石瓢壶"，邵大亨创的"掇球壶"，程寿珍的"仿古（鼓）壶"，杨彭年的"井栏壶"，朱可心的"报春壶"，顾景舟的"提壁壶"，章燕明的"长虹贯岳"，都是经典器形，意境超凡脱俗。

艺术是相通的，画与壶的欣赏也是相通的，当然这种欣赏需要研究去对比，比如画的三角构图，《蒙娜丽莎》《狼牙山五壮士》，画面中所表达的主体放在三角形中或影像本身形成三角形的态势。

壶的构图更直接，比如石瓢是三角形构图，更多的壶看去都是这样的三角形构图。画有平行构图，壶更多，当然潮州手拉壶构图大多是圆形，但也是三角与平行的构图较多。

再看霍贝玛的《树间村道》：画面主要运用了垂直线和水平线的分割，对空间的立体分割上强调了道路向远处延伸的运动透视感。

其实壶艺的制作大都是如此，从钮顶上的小吼垂直而下，而嘴与把是水平的。典型的是水平壶，嘴、壶口、把，放倒在桌面上都必须在水平线上，否则都是不标准的水平壶。

我们可以把壶拍出图片打印出来，然后画出它的垂直线与水平线，对这把壶就能判断它的优劣。因为壶的水平线大多与该幅《树间村道》的画面相反，由于水平压低的缘故，而增强了两条垂直线向上的生长趋势，打破了呆滞的画面格局，单纯而简洁大气。但壶水平抬高，使壶更加生动活泼，典雅大方。

材质，我就不讲了，线条其实上面也谈到了，下面就谈谈神韵。眼睛是心灵的窗户，人的神情意态、喜怒悲欢都可以从这窗户中观察出来。壶好不好，常说这壶有没有神韵，我认为这"神"是指"精气神"，简单说就是灵魂，在一把壶上，能找出让人产生出思想碰撞的火花来。

做壶，行内有句话叫"把随壶身定，嘴从把根出"，也就是说，一把壶最后做的是壶嘴，壶嘴做得怎么样，就关系到壶的神态意境怎样。

一平一转皆有意，一肥一瘦总关情。但如果嘴装上神了，把装上后韵没了，就可能是平转没意，肥瘦没情，往往是嘴太肥，把太瘦。这就是没有掌握好垂直线和水平线的分割，嘴、把、钮的均衡性。

做壶者也好，研究壶者也好，都应好好研究霍贝玛的《树间村道》这幅画，再看看你手中的壶。

当初，我设计《月亮船》给壶艺名家章海元制作，不仅仅是因为他的技艺过硬，还因为他领悟了《月亮船》的诗意，尤其运用好了垂直线和水平线的分割，嘴把肥瘦有度，线条流畅见美。从而达到整体自然和谐贴切，气韵潇洒。此壶获国家级特别金奖。

装嘴把，又叫搭架子，这搭架子的事说简单非常简单，谁都会搭，装上去就行。说难是非常难，难的就是这嘴把装上去要有神韵。

比如章燕明做张守智设计的《紫晞》（也有人叫守智壶），是制作得嘴上有神，把上有韵！但当今市场上的《紫晞》，大多是败笔，不是败在嘴上，而是败在把的弧度上，所以这些壶都没有神韵中的韵味。

很多人做一辈子壶，也没明白"神"是啥，"韵"是啥，又怎能做出有神韵的壶来？

我曾用上述技巧指导过两个壶艺师，他们制作壶的水平是日益提高，升值非常快。

壶嘴，又称"流"，流与口的形态是各种各样，不管怎么变，或有形体语言，或有灵动点，或有动感延伸线。这在有些壶的钮和把上也有体现。

如果你掌握了上述技巧，壶艺水平就会有大的提高，鉴赏水平就不必说。看壶如看人，万物可拟人，人生有百态，动静皆藏神。

所以，看一把壶是否有"神韵"，就要看神在何处，韵在哪点，静是静的态，动是动的形。

善于察其神，观其韵，鉴赏水平也就不一般。

壶痴

老佘，叫佘锭鑫，也有人叫他"壶痴"，也有人称他是中国壶艺界的毕加索。

毕加索是西班牙的画家，因为他的画风多变而人尽皆知。他绘画的主要趋势是丰富的造型手段，即空间、色彩与线的运用。而壶痴佘锭鑫做壶，他同样是用丰富的造型手段，在壶型的空间，在色彩与线条的运用上，是那么随心所欲，淋漓尽致，难怪称他是中国壶艺界的毕加索。

佘锭鑫的作品充满着个性，他用绞泥拉出了不同的色彩与线条，让每一把壶都有自己的独特性。

绞泥壶历史悠久，它是运用两种或两种以上不同颜色的泥料相互揉和、挤压形成自然纹路的陶瓷装饰技法，这种技法可追溯到唐代。

绞泥工艺难度大，制作成本高，但通过绞泥的装饰变化，使壶更有艺术观赏性。

潮州制作绞泥壶与宜兴的制作工艺并不是一样的。宜兴是拍片，而潮州是手拉坯，一件好的绞泥壶，需要好的造型，而绞饰设计就更重要。

但潮州制绞泥壶是用两种以上不同颜色的泥料来拉坯，图案靠拉出来，所以每把壶的纹饰都是自然形成，但每把都不一样，都是独一无二的。绞泥壶最具独特的风格，一把把自然，独领风骚，却又姿态万千。

佘锭鑫的《沙漠绿洲》系列，壶面上的骆驼是雕出来，再用黑泥（或其他的彩泥）镶嵌进去，骆驼虽然大同小异，但骆驼行走的位置，是根据绞泥手拉的"景色"而定，放在哪个地方，能使画面更加形象生动，艺术感更强，这就全凭他的眼光。

佘锭鑫的绞泥壶《沙漠绿洲》，有那令人心驰神往的画面，我在一篇文中如此描写：在一望无垠的荒凉沙漠中行走，你渴望的是一片绿洲，还有那一弯清澈见底的泉。这绿洲在你的心中是仙境，而那清澈的泉，如沙漠中镶嵌的翡翠色的月亮，在灵动闪耀。

也正因为如此，那沙的印记、风的印记，还有那骆驼坚定向前走的力量，也让你的脚步更有力。你不再为那一次次看到的白骨而恐惧，那只是历史在黄沙之下，文字与白骨的符号。于是你终于来到了那片绿洲，看到了那清澈的泉……

这就是艺术家佘锭鑫要在壶上表现的画面艺术。他的"沙漠绿洲"是独树一帜的，在全国至今也找不到第二个人是这样创作的。这种创作难度大，烧制的成功率也低，但这个"壶痴"不怕失败，怕失败还能叫"壶痴"吗？他就是这样持之以恒地做了下来，他一边总结经验，一边探索制作的技巧，从中不断突破自我，就是这样的执着，他才有了今天的"沙漠绿洲"。

佘锭鑫的"沙漠绿洲"艺术是独特的，但又具备实用性，壶形大气优雅，线韵流畅，加上令人心驰神往的画面，意境深远，且别具一格。

2019年6月11日，中央电视台《一槌定音》栏目介绍了《沙漠绿洲》，并成为收藏嘉宾的终极大奖。

佘锭鑫还有《变脸》系列，说起变脸，自然而然会想起川剧的变脸。有人说，变脸之于川剧，有如喷火之于秦腔，皆属招牌路数、看家绝技！然而说起《变脸》系列壶，可能大多人从来没听说过。

《变脸》之于壶艺师佘锭鑫，通过绞泥制作技艺，拉出纹理，再切出脸谱，这也是佘锭鑫大师的独门绝技。

《变脸》的创作是艰难的，一次次的尝试，一次次的失败，失败了再来，不断总结、摸索，摸索出成功的规律来。

佘锭鑫运用形和色的有机结合的表现手法，加上雕塑的艺术，那种脸谱的色泽肌理，自然让人想起了川剧中的变脸。

壶是六边形，从不同方向看，有不同的"脸"的艺术效果。

有人说，诗心是个人的，而诗意是共同的。一把好壶就要有诗的意境，《变脸》就有这种诗的意境："晨见梨花压柳低，归时白雪作春泥。"而这种意境是艺术家独创的，也是收藏者们都能领会的。诗心、诗意、诗情，那是艺术家内心的歌唱。

然而，我最喜欢的是他的《画风》系列，在这个系列中，尤其能看到毕加索的"空间色彩""立体主义"，其韵味迥异其趣，且妙趣横生。

《远古》是《画风》系列中的一把壶，《远古》的画面如一个个猿人的脸叠加在一起，鼻子、眼睛、眉毛，由下向上，似乎千千万万的脸谱叠加，叠加到塔顶（壶钮）上。那是有巢氏、燧人、伏羲、神农、轩辕……他们从远古走来，让我看到的是远古沉浮，万年时迁。

还有那《女娲补天》，"壶痴"根据那美丽神话传说而创作的一把壶。西汉·刘安《淮南子·览冥训》："于是女娲炼五色石以补苍天。"

注目远古的画面，我看到了烽火连天穿云破雾，看到了纵横捭阖横刀立马，还有那苍天逐鹿惊奔雷……

聆听远古的声音，我听到了风声、雨声，还有那心碎声……这五千年的寂寞与喧闹定格了亘古的愁容，将一切悲愤与哀号，用绞泥拉成残魂，置于那线条的画面上。

从远古走来，仿佛那声音又在耳边响起："是谁带来远古的呼唤，是谁留下千年的企盼，难道说还有无言的歌，还是那久久不能忘怀的眷恋……"

制壶大家无不是"童子功"

研究壶艺几十年，纵观历史，从古至今，制壶大家无不是"童子功"。

宜兴紫砂艺术的一代宗匠时大彬，从小就跟着父亲时朋学艺，10岁时就做得一手好壶。

陈鸣远，也是出身于壶艺世家，其父是明代著名的紫砂艺人陈子畦。陈鸣远技艺精湛，雕镂兼长，是紫砂史上技艺最为全面而精熟的大师，他从小受到家庭熏陶，童年开始学制壶。邵大亨是继陈鸣远以后的一代宗匠。他制壶以挥扑见长，尤其在制简练形体，如掇球、仿古等壶，朴实庄重，气势不凡。他出生于制壶世家，从小就喜欢制壶，在少年时他就享有盛名。

这些明清时期的制壶大家无不是如此，近代制壶名家也是如此。

比如程寿珍，从小师从养父邵友庭，擅长制形体简练的壶式，他制的掇球壶在1915年在巴拿马国际赛会和芝加哥博览会获金奖，名重一时。

当代的吴云根、裴石民、朱可心，都是14岁学制壶技艺，而王寅春是13岁从事壶艺生涯，由于是"童子功"，"做得多的人没有他做得好，做得好的人没有他做得多"。

蒋蓉学艺时就更小，她11岁随父亲蒋鸿泉学艺。此外汪寅仙、徐汉棠都生于紫砂世家，自幼学艺。

一代宗师顾景舟，从小跟着奶奶学制壶。小时候做壶就让人刮目相看，他奶奶觉得景舟日后必成大器。他奶奶是邵友兰之孙女，擅长制水平小壶，其壶端穆隽秀。景舟父亲（顾炳荣）和母亲的制壶技艺不十分好，差距大，所以他奶奶寄希望于景舟接上脉息。

让她欣喜的是，景舟制壶，出手不凡，教其招式，过目不忘。那个时候，他就懂得款印的价值，还特意为自己刻了几枚图章，如"敬周"，既是景洲的谐音，也含有"敬仰周公"的意思。还有"瘦萍"，是"风起于青蘋之末"的自励，也说明他年少即自重，即有抱负。

"中国手拉坯朱泥壶第一人""老安顺"第四代传人、国家级大师章燕明，也是"童子功"，幼年就跟着父亲章永添学做壶。

章燕明从小就有艺术天赋，16岁那年进厂，帮当时闻名遐迩的陶瓷雕塑家林鸿禧彩瓷塑作品。林鸿禧这个当时的名艺人，为何选这样一个才16岁的小伙子帮他彩作品？因为章燕明出手不凡，对艺术有灵感，他把雕塑彩得更加栩栩如生。

章燕明是第一个用朱泥做薄型壶的，第一个做千环壶的，他善于创新，他做的壶型有300多种，他的壶年轻时就畅销东南亚，后来销往美国、欧洲，在英国有他和儿子章海元的专卖店。

这些有"童子功"的大家，艺术功底深，且制光素器都有很高的造诣，比如时大彬、邵大亨的掇球壶，顾景舟的汉铎壶、笑樱壶、秦权壶，裴石民的鱼罩壶，吴云根的四方提梁壶，章燕明的祝寿壶、十全十美、长虹贯岳、紫晞都是如此。

也正因为如此，笔者收藏壶，除了看壶的品质，还要了解制作者的历史背景与文化素养，是不是"童子功"，制壶的时间多长，是不是制壶世家，读了多少书……对于收藏者来说，了解得越多越好。

"半路出家"做壶的，也有做得好的，但要达到顾景舟、章燕明那种高度就难。

"童子功"就是"童子功"，他们做得快而好，如果聪慧好学，耐得住寂寞，成大家皆有可能。

诗与壶

壶中诗情

诗从来就没有离开过我,从青年时代我就热爱歌德、普希金、泰戈尔、莱蒙托夫、里尔克这些诗人。然而我更爱李白、杜甫、白居易、李清照、徐志摩、舒婷、海子这些诗人。他们像群星照耀着我漫长而曲折的人生旅途,他们不朽的诗篇是我一生的精神食粮。

我喜欢读诗,正如我喜欢读名师之壶一样。我喜欢读时大彬、邵大亨、陈曼生、惠孟臣、杨彭年、顾景舟、章燕明,因为我在他们的壶中也可以读到诗的意境。

在他们的作品中,诗与壶相辅相成,诗为壶点睛,壶因诗增色。但是有一位年轻的壶艺大师,他的壶诗意更浓,可以说他的作品是中国史上最有诗情画意的,他的名字叫章海元。

如果你读了他一系列有诗意的壶,你一定会说,是的,他的壶最有诗情画意。看看这些壶名《清溪一叶舟》《月亮船》《梦里水乡》《春江水暖》《在水一方》《岁月留白》……是不是很有诗意？《清溪一叶舟》是这样解读的：童年是一幅画，童年是一首歌，童年是一个梦，童年更是一首诗……

《清溪一叶舟》唤起了童年记忆，小时候我们在田野碰到下雨，便会摘一朵荷叶盖在头上遮雨。然而，作品《清溪一叶舟》的盖子是一朵荷叶，壶身如婀娜多姿的少女。看了此壶，自然让人想起赵孟頫的诗句："清溪一叶舟，芙蓉两岸秋。采菱谁家女，歌声起暮鸥。乱云愁，满头风雨，戴荷叶归去休。"

赵孟頫是元代最显赫的画家，也是元代文人画的领袖人物，用他的诗来创作壶艺作品就更加别有神韵。诗中全然写景，无一句写情，读后却使人满心意绪，有出尘之感。

而壶的画面蕴含着这种诗意：清澈的溪水之中飘荡着一叶小舟，美丽纯洁的农家少女唱着渔家歌谣，歌声飞入荷花丛中，惊起了一群栖息的水鸟，突然风雨欲来，采莲少女从容不迫地采下一茎绿荷叶戴在头上作雨具，返舟归家。

再看《梦里水乡》，思故乡，是游子之痛。如今一把"梦里水乡（壶）"，却让游子不再思故乡。"有一种声音来自故乡/随着那声音而去的/是我欢乐而忧伤的灵魂"，每个游子都有这种思乡情结。《梦里水乡》把彩霞、水乡、梦这三个元素融进了壶中：壶型犹如水乡般的房屋，彩霞用胶泥表现在壶盖上，在壶体的下端用线条来表现水……我是一名离开家乡 20 多年的游子，以前思乡时，我会打开音响，听江珊的那首歌："春天的黄昏/请你陪我到梦中的水乡/那挥动的手在薄雾中飘荡/不要惊醒杨柳岸/那些缠绵的往事……"每每听到"玲珑少年在岸上，守候一生的时光"时，眼睛总会湿润。它让我一次又一次地想到童年。

水乡，似乎注定是个朦胧的概念。低矮的平房、悠悠的乌篷船、斑驳的拱桥，或许还有那木门里走出的阿娇……彩霞洒满水乡，五彩缤纷倒映在水中，于是坐在沙滩上看天上彩霞，看水中的彩霞……这就是梦中的水乡，梦中的彩霞。恍惚地，彩霞和梦已经融为一体。彩霞水乡，梦里水乡，我醉了，醉在多彩的梦里，梦的彩霞。

壶艺师也要有多彩的梦，把梦揉进壶中，产生诗的彩霞。这就要求壶艺师有诗的浪漫情怀，还必须有扎实的艺术功底，否则就是彩霞满天，也"照"不进壶中。

当诗与壶相结合，诗有了具象，壶有了灵魂。

把诗赋入壶中

诗人牛汉曾经说过，每首诗都是诗人生命体验的结晶，语言浸透了作者的真诚。其实每把壶也都是壶艺家生命体验的结晶。

诗人是把灵魂倾注在语言的情感里，壶艺家是把灵魂倾注在艺术的泥巴里，要让泥巴柔润起来、活起来，这种"活"其实就是我们常说的"神韵"。

同时我们还要把诗揉进这泥巴里，让它带着诗意，让它燃烧出意境来，这就是我们的"诗与壶"。

我们是用热血把诗泼在壶的天空，有如朝霞或夕阳，有如沙漠或绿地，有如山峦或河流……

于是我们有了作品《祥云捧日》《彩虹满天下》《梦里水乡》《沙漠之神》等这些诗意浓浓的壶。

我在设计"诗与壶"系列作品时，没有忘记法国诗人彼埃尔·勒韦尔迪的那句"形象的力量不在于它的出人意外和荒诞离奇，而在于深邃而符合实际的联想"，这种联想是诗意的。

但壶作为一种茶具，又是要实用的。是的，"诗人是潜泳者，他潜入自己思想的最隐秘深处，去寻找那些高尚的因素，当诗人的手把它们捧到阳光下的时候，它就结晶了"。我们创作要找到诗的意境，还要找到那高尚的因素。

在我设计时，就必须找到恰当的诗，在诗中找出有文化价值的元素来。"独特性不是带痕迹的，它是自然而然产生的。"把诗刻在壶上是"带痕迹"的，而不"带痕迹"的壶必须是素面光洁的，让简约素洁的壶有诗的意境，是件很难的事。

这就要创新，然而，这种创新却是前所未有的突破。这种突破需要诗人的气质、诗人的幻想、诗人的天赋，因为诗的独特性决不能靠有意的造作而形成，是需要经验与知识的积累，需要激情与灵感的爆发。

这种创作几乎是一种本能的流露。经验是指一种鉴赏的独到眼光，知识是指作者的文化内涵，否则你就不是一个真正会读壶的人。

我设计"诗与壶"是一种本能的流露，这种流露，才是我们所追求的"炉火纯青""浑然天成"的那种境界。

胡风对于诗，最反对的就是僵死的形式主义，形式主义常常是与虚伪的情感、炫学的技巧互生的。

同样，把诗刻在壶上也是一种形式，如果不懂得镌刻的章法与布局，刻出的东西就可能是呆板，没有生气，这难道不是僵死的形式主义？

壶也是有生命的，当你赋予它诗意时，它生命的价值就多了精彩。比如时大彬、邵大亨、陈曼生、顾景舟、章燕明的壶，虽不尽有诗意，但有生命之意义，他们的壶有的活了百年，甚至要活千年，比如那些进入博物馆的壶。

所以说，我们创作的"诗与壶"系列作品是执着于中国千年之沉淀，潜在的地火与生生不息的意志。

创作设计这样的作品，你首先要会读壶，读壶犹如读人。

有说"字如其人"，我说壶如其人。高雅脱俗者才能制作出典雅大方之壶，制壶者固然要技艺精，但庸者的技艺再精，也高雅不起来。一个不懂诗的人，又怎能把诗赋在壶中？

把诗赋在壶中，壶就有了诗意与意境，增加了内涵与文化价值，收藏价值就自然会高。

诗在壶中不需刻

茶文化在中国历史悠久，壶文化相对滞后于茶文化，从唐宋起，茶在中国文化中就有了禅意和诗意。

但那时，看不出壶有什么诗意，因为宋代茶具之精华是茶盏，壶不过是放在炉上煮的、直接烟熏火燎的器具，总是难出诗意。

直到有人把做成的壶来把玩，壶开始让人捧，让人抚，让人爱，又怎么忍心再烟熏火燎呢？

到明清时，壶才有了诗意。那些文人一边喝茶，一边耍嘴皮子，就喜欢手上拿着一把壶玩耍。可自己是文化人，总不能像一些有铜臭味的商人一样，拿一把没文化、没诗意的壶。

于是，在读壶的过程中，诗意自然涌现，觉得手中的壶跟着也变得脱俗、有灵魂。有的干脆自己动手，在壶坯上刻上自己的诗文或刻画出图案来。

宜兴壶上刻字画的多，潮州壶刻字画的少，这是因为宜兴与潮州的壶艺师制作的传统工艺不一样。宜兴制壶是"拍片"，壶型大，便于刻字画；而潮州是在旋盘上手拉，潮州工夫茶是三个小杯子，壶相对小而巧，壶不大也就不好刻字。

要让壶有诗意，就增加了难度。赋诗在壶不需刻，是要让壶赋予诗意，这是我的创意。

比如作品《草堂》，收藏者只要看到《草堂》，就会联想到诗人杜甫，想到他的草堂，想到"背郭堂成荫白茅，缘江路熟俯青郊。桤林碍日吟风叶，笼竹和烟滴露梢"的诗句。

再比如《沙漠之神》，它自然而然地让人想起那句"大漠孤烟直，长河落日圆"的诗句。唐代诗人李群玉《莲叶》诗中说："根是泥中玉，心承露下珠。"

众所周知，中国画技艺高超，内涵丰富、意义深邃的花卉图案是中国传统文化和民族精神的体现，而莲也是画家笔下的最爱之一。

在宜兴的壶中，我们常看到画或塑莲的紫砂壶。这种写实的风格，当然很有意境。

我也设计了《荷塘涟漪》《鱼戏莲》《并蒂莲》给海元制作。比如《荷塘涟漪》，是根据"鱼摇绿，荷婆娑。涟漪千层含秋波"

来创作的。月下荷塘，清虚骚雅，涟漪荡漾，给人一种幽静温馨的氛围。

而《鱼戏莲》是根据"江南可采莲，莲叶何田田。鱼戏莲叶间，鱼戏莲叶东，鱼戏莲叶西，鱼戏莲叶南，鱼戏莲叶北"来创作的。壶盖似荷叶，荷叶丛中有含苞待放的荷花（钮），壶身与壶嘴、壶把的组合似一条游动的鱼，整壶勾勒出一幅明丽美妙的图画。让人想起民歌《江南》中描写的情景：一望无际的碧绿的荷叶，莲叶下自由自在、欢快戏耍的鱼儿，还有那水上划破荷塘的小船上采莲的壮男俊女的欢声笑语，多么秀丽的江南风光！

壶与诗，诗与壶，仿佛让我们如闻其声，如见其人，如临其境，感受到了一股勃勃生机，领略到了采莲人内心的欢乐和青年男女之间的欢愉和甜蜜。这就是壶"鱼戏莲"的魅力所在。

美，自古以来是催生诗意的春风，从《诗经》开始就是这样。美得令人生"不忍"之心，就蕴含了诗意。壶亦如此。

大道至简，最难的是艺术之简。

壶越简洁越好，壶艺泰斗顾景舟就是名噪于光货造型，完全靠点线面妙不可言的拿捏，从而诞生一件周正、舒坦、韵味无穷的紫砂艺术品。同时也是出于简。

而我们把诗赋在壶中，即保持了壶的素面素身的美，又有浓浓的诗意。这才是一种前所未有的。

在壶艺上与传承上，中国有着千年的历史。有"南朱泥，北紫砂"之称。因为朱泥壶出生在潮州这个著名的侨乡，所以在海外有较高的声誉。

当今朱泥壶略逊于紫砂壶，原因是朱泥壶艺与文化少了结合,也就少了灵魂,少了穿透力。于是我一直致力于用文化赋予朱泥壶灵魂。

设计创作了"诗与壶"系列,有专家说:"这是中国上下千年壶艺的突破与创新,中国壶艺发展到现今,包含紫砂壶,虽有文化点缀,但真正让文化与壶艺结合成体系,却是一片空白,而'诗与壶'系列作品就填补了这个空白,让朱泥壶不仅赋予了文化,而且还成了体系,从而推动中国壶艺进入了更高的价值阶层。让壶拥有功能性、观赏性、艺术性,还有文化性、体系性。"

听得见的诗意

在"诗与壶"系列作品中,每把壶都富有诗的韵律,壶中有诗,诗中有壶,且相辅相成,相得益彰。

我喜欢用这诗意浓浓的壶来冲茶,感觉别有一番情趣。

我喜欢用"沙漠之神"来泡普洱,壶体略大,那壶的外表是金色般的沙漠。是的,沙漠,烁透了光阴,串起了往昔的情感。沙漠于壶,更需要一种情感,在享受的同时,也让我感到了"大漠孤烟直,长河落日圆"的意境。

我喜欢用"草堂"来冲泡单丛茶,它是那么适合泡工夫茶,三个茶杯摆成"品"字形,关公巡城,韩信点兵,杜甫吟诗:"好雨知时节,当春乃发生""白日放歌须纵酒,青春作伴好还乡""背郭堂成荫白茅,缘江路熟俯青郊"……《草堂》让人想起这些优美的诗句。壶身犹如草堂,嘴是诗中的林,把是堂后的竹。

我喜欢用"清溪一叶舟"来泡家乡的绿茶,这壶高挑,泡出的茶是那么香气浓郁,滋味鲜醇。要泡出好茶,就要懂得以壶择茶,以诗相和,那茶水冲入杯中的声音,是听得见的诗意。

用"清溪一叶舟"来泡家乡的绿茶,那溢出的清香不仅仅是春的气息,还有那家乡泥土的芳香,让人回忆起美丽的童年。童年的故事五彩缤纷,许许多多的趣事就像五彩的奇石,零零碎碎地点缀着童年的色彩,让我们无尽回味。

这"清溪一叶舟"的故事,却是我童年印象最深刻的记忆。小时候,每当路过荷塘,我们总喜欢摘一片荷叶,盖在头上,遮蔽烈日,然而,在我的记忆里,荷塘中最美好的情景却是那苗条的姑娘,头上戴一片荷叶,摇着小船,唱着歌而来……这美好的记忆常常萦绕在我的脑际,于是《清溪一叶舟》呼之欲出。

"清溪一叶舟,芙蓉两岸秋。采菱谁家女,歌声起暮鸥。乱云愁,满头风雨,戴荷叶归去休。"壶的画面就蕴含着这种诗意:清澈的溪水之中飘荡着一叶小舟,美丽纯洁的农家少女唱着渔家歌谣。

《清溪一叶舟》壶身修长,线条流畅,亭亭玉立,整个壶宛如那摇着船,载着荷叶的美丽姑娘。荷叶为盖,难道不会让你浮想联翩,有一种返璞归真的感觉?

有茶圣之称的陆羽在《茶经》里曾经把烹茶之水分为"山水上,江水中,井水下",讲究煮茶之人对烹茶之水的咸甜、甘苦、清浊和浓淡分辨得更为精细,其等级为:一等水是天水,二等水是泉水,三等水是江水,四等水是河水。这"天水"又分为两种,最佳是露水,其次是雪水、雨水。而清溪一叶舟的荷叶露水,为"天上水",是为最佳。

记得读《红楼梦》,里面有妙玉对煮茶追求的描写,黛玉因问:"这也是旧年的雨水?"

妙玉冷笑道:"你这么个人,竟是大俗人,连水也尝不出来。这是五年前我在玄墓蟠香寺住着,收的梅花上的雪,共得了那一鬼脸青的花瓮一瓮,总舍不得吃,埋在地下,今年夏天才开了。我只吃过一回,这是第二回了。你怎么尝不出来?隔年蠲的雨水哪有这样轻浮,如何吃得。"

雪水比不上露水,如果能取到荷叶上的露水泡茶,那是一种什么样的享受与境界?

好壶与诗意,就是这样的自在可得。这便是我们所钟爱的诗意所在,壶将诗意具体化了,成为可感之物,与《清溪一叶舟》相伴的小日子,寂寞繁华皆有意。

壶之名那股玲珑剔透、潇洒飘逸之气,是我最喜欢的。一壶一世界,爱的便是那方寸之间的拿起、放下。

其实茶叶也一样,茶叶本身就是最自然清爽,最充满田园野趣的东西,加上一把好壶,自然相得益彰。

清溪里一叶扁舟,是以浩然之气始。以自心的光明遍照世界,遂见万物历然。万物历然皆在,人才会觉得舒服安定。

记得有人说过,人身本来就是大自然的空与色。大自然的阴阳清肃最是可爱,我们也唯有无限接近大自然,才能获得内心的欢喜与敬重。

诗与远方,我一直以为,不必往别处去寻,就在你身边寻,比如我身边这把"清溪一叶舟"壶就是。

《草堂》的意境

《从卫星到草堂的遐思》是我曾经发表的一篇散文,本人受邀去看"老挝一号"卫星发射。

这是 2015 年 11 月 19 日,我从潮汕机场飞往成都,然后再从成都坐火车来西昌。那天天气特别好,卫星发射足足看到一分多钟,一般晴天也只能看十几妙,赶上阴雨天、山里多雾,什么都看不到。

回来的时候,我参观了宋宇先生的茶馆。没想到在成都繁华的街上,还有这样一个茶馆,泡潮州工夫茶,专卖潮州章海元大师的手拉坯朱泥壶。

这条街叫琴台,是成都有名的胜景,汉唐风格的建筑,加上琴台字间里的浓浓人文情怀,更让人流连忘返。就是在这里卓文君写下了:"一别之后,两地相思,只说是三四月,又谁知五六年,七弦琴无心抚弹,八行书无信可传……"

我们一边品茶,一边感到了诗的韵味。我在该文中写道:作为一个码字工,去了成都不去杜甫草堂是说不过去的,峨眉山可以不上,乐山大佛可以不看,但杜甫草堂一定得去看看。

杜甫为避"安史之乱",携家带口由陇右入蜀辗转来到成都。在友人的帮助下,修建了茅屋居住。杜甫老先生居住草堂近四年,竟然创作出 240 余首脍炙人口的诗歌。他的诗"万里桥西一草堂,百花潭水即沧浪"中提到的便是这个草堂。

我的眼前,仿佛看到了当年诗人那"茅屋为秋风所破歌"的情景，诗人就是在这样的环境中诗意大发的……

有人说："人们提到杜甫，可以忽略他的生地和死地，却总忘不了成都草堂。"或许就是这个原因，这近四年是他创作的高峰期，佳作连连。所以，历代文人墨客都喜欢来瞻仰这一胜地。

进入草堂山门，如人间仙境一般，有一种超凡脱俗的感觉。古雅别致的"草堂"影壁独具魅力，这就是清末人士周善培所书的"草堂"影壁。草堂四周一派生机，郁郁葱葱。有一根根高耸的翠竹，一棵棵挺拔的大树，还有一簇簇五颜六色的花朵。

步入有名的诗史堂，四壁上皆是杜甫的诗。在堂中，杜甫正坐在石头上，思索着国家命运，为百姓担忧。走出草堂，心里仍沉浸于其中，他那"好雨知时节，当春乃发生""白日放歌须纵酒，青春作伴好还乡"……似乎又在我耳边回响。

杜甫草堂给我的印象太深刻了，回到潮州，草堂的秀丽景色与杜甫的诗又盘绕在我脑中，于是写道："好雨知时节，当春乃发生""白日放歌须纵酒，青春作伴好还乡""背郭堂成荫白茅，缘江路熟俯青郊"……看到这些优美的诗句是否想到杜甫草堂？因为这些诗句都是诗人在草堂之作。

"背郭堂成荫白茅，缘江路熟俯青郊"是《堂成》中的第一句，接着诗人还写道："桤林碍日吟风叶，笼竹和烟滴露梢。"作品《草堂》是根据诗《堂成》创作的，壶身犹如草堂，嘴是诗中的林，把是堂后的竹。

我写下这段文字，画了一个草图，跑到章海元的工作室，与他交流起《草堂》如何创作。

章海元当晚就做了一个壶坯。我看后，说盖子要像盖的茅草，嘴最后加几个树结。我们一次次地尝试，一次次地探讨，直到两人都满意，才把壶坯送进炉里。《草堂》栩栩如生，且寓意深长。

那是4月的一天，来了几个广州的朋友，当海元拿出《草堂》，他们脱口而出："这是草堂，前树后竹，泥巴墙，茅草屋顶，太美妙了！"

《沙漠之神》的诗

我曾经说过，壶艺师把灵魂倾注在泥巴里，使它柔润起来，活起来，带着诗的灵感，使一坨坨的泥巴在圆盘旋转中成为艺术。

这种艺术经历对我来说，尤其深刻，因为我常常带着诗的灵感，将壶的图形交给章海元大师，让他把一坨坨的泥巴变成一把把诗情画意的壶。

当章海元大师把那一把把富有浓浓诗意的壶摆在我面前时，我会情不自禁地吟道："一位诗人，抓一把灵感洒进壶里，孕育一壶激情，诗的生命诞生……"

其实章海元大师就像是一位才华横溢的诗人，要不他为何如此懂得诗的韵律，把诗的灵融进壶的魂？

这是作品《沙漠之神》，当北京一位艺术专家看了这作品，他瞪大了眼睛，问章海元："你去过戈壁滩吗？"

海元笑着说："没有。"

专家接着问："看过戈壁玉吗？"

海元说："也没有。"

专家把《沙漠之神》一边仔细地看，一边放在手中抚摸，

"这太神奇了,这纹理就如戈壁玉的皮,难道这创作也可以穿越时空,神工天巧?"

盖是沙漠,壶身也是沙漠,只不过在壶口下,还有那没有被沙漠化的犹如一条通往远方的宽敞之路。

海元看着专家久久注视着《沙漠之神》,对专家说:"这是我大哥洪巧俊先生给这壶的解读,壶是他设计的。"

专家轻声地念着:"'大漠孤烟直,长河落日圆。'沙漠,烁透了光阴,串起了往昔的情感。沙漠于壶,更需要一种情感,于是壶艺师在壶中拉出了那金色海洋的沙漠,还有通往神圣之地的那条阳光之路。"

念完,他重新斟酌这些字眼,情不自禁地说:"这是神来之笔,我不知去过多少次戈壁滩,'戈壁'在蒙古语里就是沙漠。看了洪先生这解读,感觉你们的合作真是珠联璧合,如果不是这样,你又怎样拉得出他文中所说的寓味与诗意?"

沙漠本来一片洪荒,茫茫无际,遍地是沙子。举眼一望,高的沙丘,低的沙谷,骆驼在沙漠里踩出一行行的脚印,这样就形成了沙漠里的"路"。但这都是暂时的,因为随着那风,沙子淹没了骆驼脚印,又变成了没有路的沙漠。但是人要走出沙漠,就必须心中有路,那是宽敞的希望之路。这就是我们在作品中设计"路"的初衷。

当作品《沙漠之神》出炉时,我似乎看到那片沙漠扑面映入的视野,横在我眼前,仿若站在低谷,仰望着沙漠,那粗犷豪迈、雄浑壮阔的神韵给我的感受远比高山大海要深刻得多,我的心仿佛被重重震了一下,《沙漠之神》竟然让人震撼。

于是我的耳边响起《沙漠中的骆驼》:"穿越那沙漠,以信心为我骆驼;绿洲就在前方,路就在脚下开拓;风暴在交错,我依然屹立自若。港湾就在心中,一生信心交托……"

《沙漠之神》就是如此地倾注敦厚浑朴的艺趣韵味,味有余甘,令人心往神驰。

《八大山人》的神韵

作品《八大山人》最能说明这种创作的过程。

八大山人是江西南昌人,我们都是老表。八大山人是明末清初画家,他的花鸟以水墨写意为主,笔致简洁,有静穆之趣,得疏旷之韵。

八大山人能诗,书法精妙,所以他的画即使画得不多,有了他的题诗,意境就充足了。

在人们看来,八大山人最大的成就是画,但在我看来,八大山人的诗才最显他的才华,如果他的那些画,没有题诗,就少了画龙点睛之笔,甚至没人看得懂他的画。

八大山人有一首题画诗是这样说的:"墨点无多泪点多,山河仍是旧山河。横流乱世杈椰树,留得文林细揣摹。"八大山人题画诗,是解开他画意的钥匙,这就是诗的妙处。

八大山人是中国书画史上的一座高峰,是江西文化史上的一位巨人,我喜欢他的画,更爱读他的诗。

我也是江西人,在与章海元大师设计"诗与壶"系列时,我最想创作一把能纪念八大山人的壶,于是我大量阅读有关八大山人的书籍，了解这个人，比如他的性格，他的人生态度，他的艺术风格。

我还根据江西奉新县奉先寺发现的《个山小像》来创作作品《八大山人》。我把这些告诉制作者章海元大师，并和他探讨了多次，壶形似八大山人"小像"，清瘦的八大山人头顶凉笠，身穿宽袍。

这是我写的《八大山人》的解读：作品《八大山人》是根据《个山小像》来创作的，《个山小像》是现存唯一的八大山人生前真实画像。壶盖似八大戴的斗笠，壶身如八大单薄的身材，作品形象生动、栩栩如生。

八大山人一生喜欢画荷花，盖又似荷叶。该作品如八大山人的荷花图，迸发出一种强烈的生命意识与思考，有一种生命的意象，在火与土的艺术中，升腾起气韵。

更有意思的是壶身是个"八"字，壶身与壶盖合起"大"字来，其意"八大"。

解读其实就是对制作的要求。俗话说，说易做难。构思设计虽然要殚精竭虑，但壶艺师在制作时，不但要充分了解设计者的意图与构想，还要深思怎么做才能达到设计者的要求，没有雄厚的功力，没有领悟的特质和对艺术的追求，要制出一把具有神韵的壶就很难。

一把栩栩如生的寓意壶，不是做一两次就能成功的。每次坯出来，只要是有一点不顺眼，我都会进行"挑剔"，而章海元大师总会在我们的讨论中重新修坯，直到我们满意为此。

2016年5月7日，《八大山人》出炉了，我在解读中加了这样一段文字:"该壶胎质细腻,壶嘴微微上扬,把呈现出优美的弧度。样式古朴、内蕴丰富、形式感强。"

八大山人是画家,也是诗人,看到这如雕塑般的手拉壶,是不是有一种诗的语言?

壶的最高境界

我写过一篇小文《韵在哪里?》,此文看起来是谈美女,而实质上是说壶的韵在哪?

先看看这篇小文:

"清水出芙蓉,天然去雕饰。"这是对美女的赞美,其实对于形态美、有韵味、有气质的壶,也可用这句诗来形容。

不管时代有多么不同,美女的类型多么不同,大部分中国男人总的来说除了喜欢五官精致玲珑、胸部有弹性、身材匀称、双腿修长纤细的美女外,更注重有内涵、有气质、有韵味的女人。

壶也如此,收藏家既注重形态美,又注重文心与神韵,因为越有这些,其收藏价值就越高。比如嘴、钮与把要匀称,壶形线条要优美,且要有神。

我们知道,时代对美的诠释更是大相径庭。唐代以体态丰腴、丰胸肥臀的杨玉环为美;但是到了宋代人们以身轻如燕,身姿窈窕的赵飞燕为最美。但不管哪个朝代,对内质要求大同小异,会琴棋书画诗的、有内涵且优雅端庄的更受人喜爱。

壶有形而无韵,就一定匠气十足。如今很多艺人仿做《西施》《水平》《文旦》《石瓢》……往往只仿到形的相似,但少了神韵。皮相虽近，其骨难融；形可仿，神韵难逮。依葫芦画瓢岂能制作出一把有韵的壶来？

绝妙的构思，还需天籁般的绝技去承接、去完成，去体现"巧夺天工"，还要制作者日积月累的文化内涵去赋进壶中。

当今看到不少做壶的，壶形做得怪异，有的为炫技，却把"把""钮"做得突兀，这不仅没有表现出艺术，反而表现出了一种过犹不及的匠气。但又有人过于艺术化而不实用。如果只看"把"，可能有艺术感，但整壶看起来就不伦不类，显得庸俗不堪。

壶艺泰斗顾景舟对壶提出了形、神、气要素。他说，形，取之于天地；神，发乎于心源；气，可贯通于古今。形是壶的形象，也就是形状与式样。而神是壶的神态，气是壶的气质。顾景舟还说："形美了，有神了，壶上所有的附件，就都贯气了；一旦贯气，壶的整体，就有韵了。"这就是我们常说的神韵。

所以，创新就要做到形、神、气这三者的融会贯通，方可称之为佳作。美女韵在哪？在内涵与气质。好壶犹如美女，韵也在内涵与气质。

看完了这篇小文，再回到主题"壶的最高境界"在哪儿？我想就能回答了。韵在内涵与气质，这内涵与气质又是什么？

著名美术评论家陈传席说，品壶有"六要"，哪"六要"？神韵、形态、色彩、意趣、文心、适用。我设计的"诗与壶"系列，每把都制作得形态美、色彩好，且适用，因为制作者是手拉壶领域中公认的大家，其制作的壶在形、神、气上是融会贯通的，因此件件是佳作。我们把诗赋在壶中，也就显然有意趣，诗意浓浓。意境深远，是不是更有文心？

均衡之美

"协调"是被公认为属于美的因素，在中国传统工艺中壶艺尤其讲究协调，这种协包括壶嘴与把的对称，嘴、钮、把成一条直线，使得整壶有均衡之美。如果壶嘴特大或特短，而把稍细或稍高，两边就显然比例不协调，这样的壶不要说有韵，连"样"也没有，就不是一把好壶。

对称之美寓于均衡，均衡之美寓于协调，这个协调需要壶艺师的娴熟与技巧，长年累月积攒下来的丰富经验。尤其是手拉坯壶，其身是圆的，变化往往在嘴与把上。有的壶艺师为了创出新、奇、特，往往忽视了均衡，其结果是不伦不类。创新也遵循协调这个规律，在协调中发挥技能的作用，使壶在奇特中仍有均衡之美。

中国传统艺术中普遍运用对称手法，比如对联、门神、大门前的石狮、中堂的摆设等等。艺术家吴冠中说，美之均衡往往是一种感觉，艺术作品中的均衡之美其实潜伏于隐秘之中。天平的平衡一目了然，而中国的杆秤，其杆、锤、钮与被称物体间的距离关系则错综复杂。天平太简单了，只有杆秤可比喻艺术的均衡感，亦即对称感。他还用画画来说明，画面上左边一大块红色，而右边往往只需要在适当距离的位置落下一小点红，感觉就均衡了。

其实秤杆的均衡作用与壶的均衡艺术，有着异曲同工之妙，秤杆的钮与壶的钮有着共同特点，而秤钩与锤就好比壶的嘴与把，秤钩上的物体有多重，锤在秤杆上移多少才能达到平衡，这个平衡是称秤者所需要把握的。同理，壶身如杆，嘴装多大，那么把就要根据嘴的粗长来做，使之平衡协调，有均衡之美，这是壶艺师所追求的艺术性。

吴冠中先生还说："两个绝对相似体的对称多半缺乏韵味，因它们各自绝对独立，便相互排斥，不容易进入艺术的融洽家庭。守卫庙门的一对铜狮，貌似对称，其实应具微妙的变化。"

这让我想起了多年前与雕塑家一同去看名宅，名宅大院门口有一对一模一样的石狮，雕塑家问我，这两只石狮有何不一样？我看后说，右边的狮子嘴里含了一颗石珠。雕塑家说，你再仔细瞧瞧。于是我看了看右边的，又看左边的，然后又回到右边看，边看边对比边琢磨，之后对着雕塑家说着两只石狮中的那些细微变化，并一一说出了自己的见解。雕塑家听后说："这些细微之变化，才是雕塑语言。只有懂得它的人，才看得见这细微之处。"

不少壶艺师做了一辈子的壶，并不懂这个道理，所以他们一辈子也成不了艺术家，只能说是一个匠人而已。

著名设计师、清华大学教授张守智设计了《紫晞》，给中国手拉坯朱泥壶第一人、中国陶瓷艺术大师章燕明来做。《紫晞》与张守智先生多年前设计的《曲》风格各异，《曲》突出的是"弧"，而《紫晞》突出的却是"棱"。章燕明制作的《紫晞》可谓臻善至美，就像顾景舟先生的石瓢壶，再也没人能够超越。我在市场看过不少于20人做的《紫晞》（他们改名叫守智壶），至今没有看到一把有神韵的，之因是照葫芦画瓢，没有吃透设计者的精髓，不了解《紫晞》的文化内涵与壶的结构几何。

由于该壶当时要被中国美术馆收藏，章燕明与张守智先生就委托我写解读。我跑到章燕明大师家去看张守智先生设计的图纸，这个图纸一看就知道均衡的重点在把上，那把的弧度高低与棱的位置只要相差几个毫米，其壶的品质也就变了。"差之毫厘，失之千里"，就是这个道理。

后来张守智先生与章燕明大师之子章海元合作了一批《紫晞》，张先生说父子俩的作品可媲美。章海元是耳染目睹过父亲做这把壶，而且共同研究，共同创作过，加之后来依然琢磨过张守智先生的设计图纸。他们父子不同的是，父亲做的容量小（110毫升），显得小巧玲珑、形制优美；而儿子做的容量大（180毫升），气度非凡、流畅大气。

曾与一位老壶艺师聊壶，我问他在装壶嘴与把时的程序与规律，他说是凭眼睛目测，低一点，就往上装一点，哪有规律？

其实壶艺师要制出好作品是有规律可循的，壶也讲究线条之美，这个线条就好比木匠的墨斗线，嘴与把虽然隔着壶身，但好的作品，它们的线条往往是流畅的，这样才会有均衡之美。

制壶要懂均衡之美，收藏壶者就更应懂得均衡之美，懂得，你才能收藏到珍品，升值的空间就会很大。

懂得均衡之美，你不仅拥有美，而且拥有美给你带来的财富。

雕塑家手中的壶

可能是写多了犀利评论与杂文的缘故，我欣赏艺术家的作品总是带着挑剔的眼光，所以在我眼见一亮的作品并不很多，一般来说，如果看了会眼光发亮，这幅作品应该是优秀的。

也许有人会说，你这是吹牛，艺术是艺术，文学是文学，其实任何创作都是相通的，都需要耐得住孤独寂寞，需要一个好的意境，作品要有个性。

前几天，我去艺术家吴映钊工作室，看到他创作的十二生肖"全家福"紫砂壶时，不仅眼睛发亮，而且头脑里闪烁着一个个文化元素：考古、图腾、中国印、玄学、雕塑……让我心动情动，艺术就是这样产生。

比如龙肖壶，他用考古发现最早的"玉龙"做壶的钮，马是《马踏飞燕》之马首，鼠却采现代装饰手法之形……每把生肖壶都有中国印，而印的字却不类同，运用了甲骨文、金文、玺文、简文、摹印、小篆……不同时期字体完美结合，而印是石刻的韵味，且表面光滑，里面却凹凸不平，金石味浓、几何立体感强。

体积是雕塑的语言，从块面产生线条，不同体积的块面变化产生不同的感受；不同层次的场面，充分体现造型的立体感和稳重,具有大气魄。这种设计理念让人浮想联翩,穿越时空,从现实走向远古。是一种文化的延续再现和传承,是现代生活的精神食粮。

我看过不少十二肖题材的作品,也看过用十二生肖题材制作的壶,但看过之后就再没有什么印象了,根本的原因就是作品没有创新,缺失个性。十二生肖这些动物表现手法千篇一律,呆板,艺术感不强。而吴映钊的作品,不仅艺术感强,而且表现了中华传统文化。那壶身上的一个个"印",就是中国印;中华民族一直被称为"龙的传人",那"摆塑龙",是中国考古发现最早表现的造型,是龙造型的始祖,距今已有8000多年的历史;这些都是中华民族灿烂文化的象征。

吴映钊大师是一位雕塑家,他的作品以抽象为主,总能给人"神奇"的形象。5年前,我看过他的《情侣》系列,写过《在线条中创造美的雕塑家吴映钊》,他的作品自然而然地让我想起了20世纪罗马尼亚雕塑家布朗库西的作品《吻》,布朗库西说:"我希望做成的雕塑不仅使人们怀念一对恋人,而是怀念所有的恋人,表现地球上相互爱恋的男人和女人在离世前最真挚的感情。"在许多雕塑家越来越倾向于表现理性的时候,布朗库西的创造却充满着诗意。

雕塑家吴映钊同样有着这种诗意的创造,利用明快的线条勾勒出艺术之美,使整个《情侣》系列都显得简练、生动,给人情趣。获全国的金奖《奔月》,运用的是现代夸张、变形的简约艺术手法,从动态和神态两方面来突出嫦娥这个神话中的美女。她怀抱玉兔,身上的绸带随风飘动,头部微有回望,流露出她对人间美好的深深留恋……该作品运用线与面的结合，从下而上逐渐缩小，产生近大远小的视觉艺术效果。尤其是那明快、流畅的线条，加上飘带围绕身体与人物连成一片，形成两个大小不同的空间，产生空灵之气，有如云朵的飘动。但是作品十二生肖"全家福"的创作既具象直观，又富有深厚的文化、传统艺术底蕴，使不同层次人群都能体会和感受存在意义深入延伸。

之前吴映钊大师也做过一些壶，比如人物时装、达摩壶，但大都是抽象艺术。给人印象深刻的却是《慧眼》，壶有"睁只眼闭只眼"之解，睁眼看世界，世事皆洞明。佛眼观众生，众相闲谈。以睁只眼闭只眼作"慧眼"之解，运用哲理产生内涵。

艺术手法繁简结合，亦工亦写，让人观之，既有所识，也有所悟。以茶壶之形制入题，寓意闲余茶事间，可明了世事，看淡人生，心明眼慧。看后让人所识，也有所悟。此壶虽是上乘之作，但与作品十二生肖"全家福"相比，各有千秋，从艺术价值来讲，作品十二生肖"全家福"显得更加珍贵，同时也展现了吴映钊大师的另一种风格。

吴映钊说：简约凝练、线条流畅是他作品的外衣，而所产生的内涵，给人们发挥想象的空间，产生共鸣是作品的生命力。吴映钊总是以流畅明快的线条来突出主题，表现自己的个性。这次创作的十二生肖"全家福"，同样让人看到了简约之美、线条之美。壶中线条刚中有柔、曲直、凹凸及其交织所产生的空间感，犹如一曲韵律优美的乐曲。雕塑家手中的壶，其特点就是把雕塑艺术融进了壶中，让艺术感更强。

生于泥家，与泥为伴，吴映钊可谓是泥痴了一生。

对壶艺，我有很深的了解，由欣赏到研究，再到设计壶。我设计的壶除要有内涵和意境外，对线条的流畅很苛刻，这是由手拉坯朱泥壶的特性所决定的。手拉坯壶一旦线条不流畅，整个作品就难以达到均匀之美，就不是一件好作品。当然，吴映钊大师手塑紫砂壶的制作虽然与手拉坯的制作工艺不一样，不是拉出来的线条之美，但线条的表现手法依然很重要。用线条表现个性是吴映钊大师创作的惯用手法，所以，在他的作品十二生肖"全家福"中也同样看得到线条之美。

"知之者不如好之者，好之者不如乐之者。"《乐在其中》看起来是一尊雕塑，然而它却是一把具有实用性的壶。一个人在弹吉他，耳边仿佛听到那优美的乐音，是啊，做一个"乐之者"才会"乐在其中"。

无论是他的《家园》，还是他的《穿越时空》，抑或是他的《人生》，都有独特的个性。《家园》是一幢老厝，用老厝造型入壶，更让人有一种天然的亲近感和旧时光的记忆。吴映钊利用老厝的基本元素，运用浮雕及圆雕手法，把老厝的那种沧桑感展现在人们眼前。而《穿越时空》是利用不同的几何形体，刻画不同的组合形式，像漩涡由大至小，向深度远去，那云的轻灵，让人感觉静中有动，禅意空间呼之而出。他的雕塑壶，既有艺术价值，又有实用性，且寓意深长。比如这《人生》，是魔方载体与壶的结合，人生很魔幻，在魔幻中探索、寻找自己的人生目标。人往往是在曲折中前进，在困难中成长，长的是磨难，短的是人生，知进知退，才能达到人生的彼岸。

这或许就是泥人吴映钊的艺术人生。

读壶的艺术

读懂一把好壶是要艺术眼光的,读壶不仅要有鉴赏壶的能力,而且要具备很深的艺术素养。当然,那些没有艺术价值的壶,是不需要读的。真正会读壶的人,一眼就能辨别出它的好与差、美与丑、雅与俗来。

我说过读壶犹如读书,可以使浮躁的心不再躁动。读壶又如新闻写作,需要敏感,讲究价值。如果有了灵感,你就能在短时间内读懂它,也只有真正读懂了,你才能了解它的内涵,你才知道它的艺术价值。

读一把好壶犹如读一本好书。好书犹如一壶清茗,沁人心脾;好书犹如一池澈水,静人心弦;好书犹如一位美女,让人心醉。其实一把好壶,泡出的好茶,香气沁人心脾,山韵静人心弦,回甘让人心醉;细细地品味,你是在吸取大自然的精气,又似乎在游历山川河流,从中感悟人生的真谛。

于是我想到了叶圣陶先生说的:"生活犹如源泉,文章犹如溪水,源泉丰盛而不枯竭,溪水自然流个不歇。"其实如果你能读懂壶,当你在读壶时,你定然会有这种心境。

读壶能读出一种心境,读壶的人往往又是玩壶的人,玩壶者显然是藏壶者。每个人都有自己的兴趣和爱好。我的兴趣是读书写作，爱好是藏壶养壶。

读壶和读书一样，需要有一种良好的习惯。一个没有养成读书习惯的人，以时间和空间而言，受他眼前的世界所禁锢，只有当他拿起一本书的时候，他才能走进另一个不同的世界。

也许有人说，壶有什么好读，不就是泡茶的工具？那是因为你根本不懂壶，才有如此浅薄的看法。一把好壶，你能读出它艺术价值的所在，还能读出它的清雅婉约，娟秀韵致……

当看凡高，能看到他的热烈与伤感；当听贝多芬，能听出贝多芬的心痛与浪漫；当赏王羲之，能赏悟出王羲之的沉静与跃动，你才是一个聪慧者。所以说，当哪天你读壶，能读出壶艺师的心声，以及悲欢离合来，你才算是一个真正的读壶人。

要读懂一把壶并不是一件容易的事，要不然也没有"壶小乾坤大"一说。比如你要为一把新壶取个好名，那么你必须理解创作的理念和内涵，读懂每一个细节，壶型、嘴、钮、把，以及纹饰在表达什么？我常常喜欢把一把壶放在书桌上读，左看看右瞧瞧，然后坐下来注视着。此时的心情特别恬静，犹如在倾听一首优美的轻音乐，动听的旋律深深地打动着我，每一个音符都会让我心跳不已，它给我带来快乐，带来遐思。

可以这么说，会做壶的人，并不一定会读壶，能做壶又能读壶的人，是屈指可数的，这样的人才能真正成为大师，甚至是一代宗师，如时大彬、陈鸣远、邵大亨、顾景舟。

不少壶艺师连自己做了好壶也不知道，这是因为缺失鉴赏的眼光。也许有人会说，这怎么可能？壶艺师连自己做了好壶也不知道？这是事实，他们往往是不知道的，或许是他们审美疲劳了，好比一个人娶了漂亮的老婆，天天在她身边，并不觉得美；或许是艺术素养不够，视野不够开阔，缺失鉴赏的能力。有些壶艺师能做出精美有神韵的壶，却把它当作一般的壶卖。有一位壶艺师邀我去他工作室看壶，壶架上一把壶标价 800 元，我拿出壶仔细端详，读出了它的平和端庄、神态自若，读出了它的气度非凡、逍遥自得。由于是朋友，我就没买走，而是建议他拿去评奖，后来这把壶获得了国家级的最高奖。这位壶艺师从事制壶 20 余年。

还有一位大师请我去看壶，他制壶 30 多年，我叫他拿 3 把最得意的作品来欣赏，他挑了 3 把。我一把把地仔细观赏，每一把都存在着细节问题。既然是请我来提意见的，我毫不客气地指出了每把壶的不足之处。他没有想到他认为是最好的作品，却被我全否定了，的确尴尬，但我对每一把壶的优点和缺点都说到了实处。

细节决定成败，一把好壶应是完美的，不能存瑕疵的。

临走时，他为答谢我的诚恳批评，拿了一把千环壶送我。我读着手中的壶，重新给它命名"南国明珠"，然后对他说，这把壶你不要送人，也不要卖，留在店里。他看着我不解地问为什么？

我告诉他这才是精品，比你标价最高 1.5 万元的提梁壶还值钱。他说："我可以再做一把，洪先生拿去吧！"我笑着说："你就是再做 10 把，也可能没有这种神韵。"

于是我讲起了王羲之的《兰亭序》的故事，没有那种场合，那种氛围,那种心境,王羲之能创作出流芳千古的《兰亭序》吗?王羲之为何不再写一幅?

当时我老婆在场,回来时她对我说,知道是好壶为什么不要,这不是傻吗?我说,读壶人不能夺人所爱。后来这把壶还是被山东的一名教授花1.5万元买走。

会做壶的人不一定会鉴赏壶,当年时大彬做了壶,就会请来文人墨客来品茶读他新制的壶,大家说不好,他就当场砸壶。他在别人读他壶、"砸"他壶的时候,提高了自己的艺术欣赏眼光。正因为这样,他才能成为一代壶艺宗师。

款印对壶的价值

款印对壶的意义是非常大的，除了价值，还有文化艺术。在江苏宜兴紫砂界大都对款印很讲究，拿印章来说，方寸之地，往往能表现出艺术的水准，能表现出制壶者的内涵与境界。

吴昌硕说："一方印章犹如一个人体，肢体躯干必须配置得当，全身血脉精气尤应贯通无阻，否则就易陷于畸形呆滞，甚至半身不遂。"好的印章要疏密自然、有纵有收，还要呼应有情、相衬相生。艺术是相通的，制壶的原理又何尝不是如此？

嘴、钮、把必须配置得当，均衡协调，形、神、气三者融会贯通方可称为佳作。从古至今，任何一个壶艺大家，没有一个不对款印不讲究的。

但是当今的潮州制壶者众，对款印讲究者寡，这是潮州壶与宜兴壶的又一个差距。我去市场把这两地的壶做了一次对比，从印章的篆刻艺术水平，盖印的章法等进行比较，发现宜兴壶的印章大多是人工篆刻，且名气越大，印章艺术水平越高，盖的越清晰有力，可用"方寸之间，气象万千"来形容。而潮州壶相当多的是电脑刻的印章，千篇一律，呆滞无灵动感。

一把好壶盖上没生气如僵尸之印，岂不是大煞风景？还有的在壶底盖的印是深浅不一，有的甚至是歪的，一把好壶，印没盖好，同样是缺憾。细节决定成败，有的壶艺师却败在盖印的细节上。

如果研究中国的壶艺史，不可不研究壶上的款印史，而顾景舟先生是近代壶艺界最值得关注的。顾景舟从做壶伊始，他对款印都是非常讲究的，除自己篆刻，还请名人篆刻。就是在"文革"时期，他也不随大流，而是坚持有个性的印章，那时他在紫砂一厂，打的都是千篇一律的"中国宜兴"木印，顾景舟嫌这印章刻得太糙，太缺乏艺术性，他请镇江的金石家朋友专门治了一方儒雅、清秀之印。在顾景舟看来，印款之于紫砂壶，理如书画之印款，如果做不到相得益彰，那是对艺术的作贱。

可惜的是潮州不少制壶者，至今也没有悟到这个道理，依然是那呆板板的、笔画大小一样，工整得如木头一样的印章盖在壶底上。记得10多年前，到一名家那里去看壶，其壶形美，有神韵，但看壶底之印却让人叹息，后来我请天津一知名画家，他治印比画画还强，为这名壶艺师治了一方印章，让他的壶多了文人气息。

20世纪80年代中期，顾景舟为徒弟们做了一个实心的"供春"紫砂母模稿壶坯，木模师乐泉生是个细心人，他用一个多月把实心的壶坯一点一点挖空，壶壁只有薄薄的一层，形如拍打的一样有神，连顾景舟看后也惊叹。

顾景舟不仅给他配了壶盖，还给他盖上"景舟"印款。要知道这个印，如果他自己没有做到上品壶也舍不得打这印，因为这印是徐悲鸿的弟子、知名画家黄养辉给他刻的。

说起印,不得不讲一个人,那就是吴昌硕。

吴昌硕说:"人说我善作画,其实我的书法比画好,而我的篆刻更胜于书法。"事实是吴昌硕的篆刻更有个性,主要表现在气势酣畅、注意变化、多样统一等方面。书画家与收藏家大都喜欢研究吴昌硕篆刻,然而壶艺师更应该研究吴昌硕篆刻中的章法、布局、变化、气势……从而让壶文气充沛,古韵厚重。

读壶人生与泡茶之乐

我喜欢读壶，读一把好壶，往往可以读出作者的心灵。读时大彬的壶，可读出他刚毅稳健的气势，那是古君子之风；读顾景舟的壶，可读出他俊秀飘逸的神韵，那是文人之风范；读章燕明的壶，可读出清高圆满的品性，那是艺术家之雅致……

我喜欢读壶，喜欢从壶中读出故事，但有的壶却怎么也读不到故事，它如巴赫的音乐一样没有故事，只有乐音的运动和若隐若现的情感。

有一位作家在北京老胡同里花一块钱买了一把壶，他每天用来泡茶，后来他上山下乡，把壶带到了乡村，后来又跟随他回到城市，这把壶就这样随他泡了三十年的茶。有一天，几位壶艺专家去他家做客，惊奇地发现这把壶是时大彬的，价值千万，壶从此不敢再用，只能束之高阁，每天也只能看一眼，这就是壶的故事。

作家是这样讲故事的，一把壶泡茶三十年，那是享受人生，而当得知其价值后，却成了只看不用的无趣宝贝。

壶不泡茶，是没有运动的，生命也就停止。我喜欢贝多芬的《命运》，因为壶也是有命运的。

懂壶的人，会珍惜壶的生命，不懂壶的人往往不会珍惜，认为它就是泡茶的工具，碰到这种人，壶的命运就差，不是嘴缺，就是盖子碰裂，有的壶破裂被丢进垃圾堆里。其实能读懂壶的人，才会认为壶有生命力，还有诗意与灵魂。

说壶，往往就谈茶，茶好还要壶好水好，泡出的茶汤才真的好。

我喝茶，喜欢用一把名壶，泡一壶高山单丛，斟入薄薄的白杯中，然后握杯闻香，再慢慢品尝，这是一人独饮时。

我一人独饮，往往会点一支沉香，听一曲音乐，读一本书，泡一壶茶，静静地享受……这种境界是美妙的。

不少人喝凤凰单丛会"茶醉"，如果上好的单丛，连喝几泡，满腔清香，回甘悠长在喉间，竟会醺醺然，感觉误入仙境藩桃园。记得我第一次喝单丛茶，是晚饭后去朋友家，多喝了几杯，是"夜不能寐，浮想联翩"，由此说来，那"七碗歌"也不是空穴来风。

喝茶是少不了壶的，这犹如吃饭少不了碗一样。我喝过绿茶、红茶、白茶、黑茶、普洱……但自从喝了单丛茶，其他茶就不想喝了，有段时间咳嗽，我喝了一段时间的陈皮普洱，但依然少不了单丛。

对于单丛，我只喝高山茶，低山茶一概不喝，我的原则是宁可喝白开水，也不喝低山茶，之因是嘴刁了。还有一个重要原因，是我喜欢玩壶养壶，壶养得好，泡的茶一直是好茶，好茶养好壶。

我出差，在旅行包里总会放一个精制的小盒子，盒子里装着章海元大师的一把小壶与三个小杯,当然还得带上一罐单丛,不是宋种就是八仙,塌堀后或杏仁香也行。碰上友人就会邀他们来喝上几杯。

玩壶也能玩出艺术,玩出诗意,玩出一种精神。起初是玩玩,玩多了就玩出学问来,阅读大量的壶艺书,研究壶的历史,给壶取名与解读,设计一系列诗意浓浓的壶,到出几本壶的专著,讲壶经传艺术,这种玩是渐进式的,这种渐进式玩法,前提是喜欢、感兴趣,有兴趣才会执着地玩,这样玩才能玩出境界,才会入心又入神,神了也就成专家了。

壶本是茶具,无名无姓,但有陈曼生、苏东坡、吴昌硕这样的文人,给壶取个名,刻上画或诗,壶就有了文化。

我说过,如果一把壶没赋予它文化内涵,那就是茶具,一旦赋予了文化,那才是作品。

我喜欢给壶命名,让壶有诗意、有灵魂,从此它就有鲜活的生命了。当养壶养得久了,它的生命就更加熠熠闪亮,它像那小小的美丽宠物,可爱极了。

一把壶 1449 万元卖的是什么？

今天谈壶，谈的是一把曼生壶拍了 1449 万元。

我想，要是我像 30 年前那样在家乡种田，一定会说，壶又不能当饭吃，1449 万元，我可买别墅与奔驰，要我出一万元也不会买。但今天我觉得 1449 万元，值！而且还会升值。

当然，饿着肚子的人是不会收藏的，我当农民时，饭有吃，但缺钱，也就没有收藏的想法。

在一本杂志上读到这样的故事，说一个文人在古玩店花 8 毛钱买了把壶，这把壶他把玩了 30 多年后，被专家发现，说是价值连城。我又想，那个时候如果我有 8 毛钱，会买这壶吗？肯定不会，难怪我成不了富豪。

西泠印社 2017 年春拍第二日，"中国历代紫砂器物暨茶文化专场"中，清中期龚心钊旧藏、杨彭年制、陈曼生刻香蘅款紫泥粉彩泥百衲壶以 580 万元人民币起拍，1260 万元落槌，1449 万元成交，创造曼生壶世界拍卖新纪录！

曼生是一介文人，其工诗文、书画。曾任赣榆代知县、溧阳知县。

曼生其实不会制壶体，但他会刻壶，在壶上刻画与诗文，还会设计壶型，他设计的壶称为"曼生壶"，陈曼生大多和制壶师杨彭年合作。

他与杨彭年的合作，堪称典范。现在我们见到的嘉庆年间制作的紫砂壶，壶把、壶底有"彭年"二字印，或"阿曼陀室"印的，都是由陈曼生设计、杨彭年制作的，比如这次拍卖的紫泥粉彩泥百衲壶就是他们合作的。

1449万元卖的不仅仅是一把壶，如果纯粹是杨彭年制的壶，显然卖不到这个天价，应该说卖的是艺术与文化。壶上有陈曼生镌刻的"勿轻褪褐，其中有物，倾之活活"。

壶中有乾坤，乾坤乃艺术。壶没有赋予文化，就是冲茶之具；当赋予了文化，才是艺术品。

要知道曼生的书法长于行、草、篆、隶诸体。有人说，他的行书峭拔隽雅、分书开张纵横，独步有清一代。而曼生篆刻师法秦汉玺印，旁涉丁敬、黄易等人，印文笔画方折，用刀大胆，自然随意，锋棱显露，古拙恣肆，苍茫浑厚，为"西泠八家"之一。

而杨彭年又是清乾隆至嘉庆年间宜兴紫砂名艺人。他善于配泥，所制茗壶，玉色晶莹，气韵温雅，具天然之趣，与曼生合作是珠联璧合，强强联手，合作的作品件件被艺林视为珍品。

此壶又被清朝大收藏家龚心钊收藏，还在瘿木盒上题识，盒内还写有介绍的文字及鉴赏印。龚心钊光绪二十一年进士，任翰林院编修。光绪三十四年出任清国驻坎拿大（今加拿大）总领事。他收藏极丰，尤爱紫砂，是著名的壶艺鉴赏家。

看到这里,朋友们应该知道,此壶为何能卖千万元了。

在此还说点题外话,陈曼生官至知县,也就是七品官,清朝从一品到七品有多少官?不要说七品,就是一品官,如今又有几人被后人记得?但说当过知县的陈曼生、郑板桥,大多人都知道,这就是艺术的力量!

艺术可穿越时空。

文化是壶艺的灵魂

潮州朱泥壶的价格一直在上扬，尤其是那些名家的作品价值提升得更快，在我看来，这是文化价值起到杠杆的作用。一把壶有文化内涵，显然就有收藏的价值，其市场价格就会更高。在地摊上买一把壶十几元钱，那是泡茶的工具，在国家级艺术大师家买一把壶至少几万元，那是艺术品。

在很多人看来，手拉坯朱泥壶只是泡茶的工具，并无文化可言。其实这是对潮州手拉坯朱泥壶的一种偏见。当然，潮州朱泥壶在过去的确文化味不浓，所以名气也不大，以至外地人不了解潮州朱泥壶。

近年来，崛起的潮州朱泥壶已名扬中外，文化的作用显然功不可没。比如潮州有多位壶艺大师的作品被我国最高艺术殿堂中国美术馆收藏，而章燕明大师的作品还被中南海紫光阁收藏。中南海紫光阁是国家领导人接见外宾的重要场所，收藏的艺术品要求高，专家把关严，摆在这里的艺术品是让外国政要欣赏的，代表着中国艺术的最高水平。如今这里摆放着许多国家级大师的顶级作品，在这个厅中的红木架上摆放着顾景舟、汪寅仙、吕尧臣、何道洪、周桂珍等人的紫砂艺术品，也摆放了章燕明大师的作品，且是3套13件。潮州壶艺大师的作品被中南海紫光阁收藏，是潮州手拉坯朱泥壶质的飞跃，是艺术的里程碑。毕竟能被中南海紫光阁收藏的都是艺术瑰宝。

我曾经写过一文叫《文化的穿透力》，文中说，壶艺好差，只是表达手艺的精细与粗劣；而有了丰富的文化内涵，就到了一种艺术的境界。

对于壶艺大师来说，壶不仅是一种文化，更是一种精神。一个壶艺大师的成功，往往就得益于他把文化揉进壶中，使作品更具浓郁的韵味，时大彬是如此，顾景舟也是如此，章燕明也是如此。

潮州有的壶艺大师作品传播力强，是壶艺蕴藏着文化内涵，这样更使作品有收藏价值，且深受收藏家青睐。一把有文化内涵的壶，显然有一个响亮的壶名，有一段精美的解读。《香港文汇报》曾对潮州壶艺大师章燕明父子制作的《长虹贯岳》如此评价："奇思妙想的《长虹贯岳》，构图布局无不表现出它的思想意境和情感。作者在这窄幅的空间范围内，运用审美的原则，安排和处理形象符号的位置关系，使其组成有说服力的艺术整体。提梁犹如一道气势磅礴的长虹（天），壶盖如一座高山（南岳衡山），壶底像一座大鼎（中华万寿大鼎），壶身如运动的地球（大地），整个作品突出了天地人和的内涵。"

壶不仅仅是一个实物，更是一个符号，一种象征，透过这个实物，可以看到一种文化和精神。这些潮州手拉坯朱泥壶名是多么有诗意：《云雨巫山十二壶》《紫晞》《清韵》《桃园三结义》……再听听对这些壶的解读，你更会觉得有一种艺术的魅力。"放舟下巫峡，心在十二峰。"是根据这句诗创作了这套"云雨巫山十二壶（峰）"，将自己的个性和思想寓于壶中，托物喻事，意趣天成，境界深远。作品泥色俏丽，线条飘逸，形神势兼备。有意思的是量积由大至小，大十二杯、小一杯，依次顺减。十二壶环环集于一体，犹如浮云细雨，添了神秘色彩。

壶是一首歌的时候，她便是动人的。好壶的动人，与好歌的动人，都是那种心颤的感觉。正因为这样，潮州的壶艺引来了不少外地作家、评论家的评价。比如著名评论家刘雪松说的：章燕明大师的每一件朱泥壶作品，其实都有一个美得如同歌名的名称。《情韵》《风韵》《悠韵》，如同三个乐章的潮州古韵，古朴优美。《石上流》，是典型的弦诗乐，明月、松间、清泉、涧流，作品传递的是一种至清至美的意境。而《奥运壶》《长虹贯岳》《情侣舞》，却是古典音乐与现代舞蹈达到了完美结合的创新表达。它将典型的潮州壶艺，与现代元素糅合在一起，构成一曲天衣无缝的神韵之作，有歌的旋律，有舞姿翩翩，像是一曲潮戏十八般乐器伴奏下的民族交响曲，是水袖与芭蕾在琴瑟和鸣之中的超然融合。潮州壶艺大师手中的那团朱泥，拉出千姿百态的灵动之壶，其游刃有余的，已经不是手工的技艺，而是拿捏音符的那种艺术境界。

"如果说技艺是壶艺之基础，那么文化便是壶艺之灵魂。"知名作家默客说：如果不赋予壶艺作品以文化内涵，那么壶艺再精湛，壶制作得再精致，恐怕最终也只是"工具"而已，而不可能成为一件具有文化品味和艺术价值的艺术品，也就不可能被流传下来。大师之所以是大师，正是在于在创作、制壶的过程中，始终将自己所理解的文化、思想、品位等融入其中，使其创作出来的壶艺作品不仅具有鲜明的个性，还具有丰富的文化内涵和浓厚的人文气息。

文化是一种历史形成，特别是作为一种民族象征的文化符号，它本身积聚的，就是一个民族文化极强的内部凝聚力。另一方面，由于文化符号有着独特的魅力，不管年代如何的久远，人们对文化符号的关注总是倾注着激情。壶艺大师创作的《奥运壶》《世博壶》《亚运壶》就是三种文化符号。美国当代符号论美学家苏姗·朗格认为，艺术符号要求把艺术品看作是一个整体，看作是具有表象形式的独立符号。而《世博壶》整个作品就如东方明珠。我们知道，民间艺术本身就是民族的，在这三件作品中都有民族象征的元素，相信这些作品，不管到什么时候，都能让人倾注激情，因为奥运、世博是世界最隆重的盛会，亚运是亚洲最隆重的盛会。

一把好壶尤其需要一个好名来说明。在我看来，名好比是壶的眼睛，而眼睛又是心灵的窗户。广东人有句俗语："唔怕生错仔，最怕改坏名。"对取名重视的不仅仅是粤人，其他地方也一样。古人云："艺由己立，名由人成。"姓名是一个人的符号象征，姓氏是世袭的，无法改变，唯有名字可以选择，于是人们在取名上总是绞尽脑汁，花上心思，甚至找高人指点迷津，既要讲字形笔画，又要讲读音平仄，当然最重要的是它的含义。艺人们以独特的成型技法，塑造出各种几何形体、自然形体及圆案形体，但往往苦于取名。

其实，在壶艺界，从文人趣味上升到哲思境界是非常少，大多的壶名都是以型命名。赏壶也和赏文一样，不仅在于形者的外美，更要重于意者的内美。形之美是指壶的细巧、均匀、流畅的陶体以及种种逼真、抽象、夸张的造型，有如文章中语言与文笔的精粹；意之美是指壶深邃而幽渺的韵味，也就是一把壶所能表现出来的生命之魂，这就有如文章中精神与思想的升华。而为壶取名，就好比是为一篇美文做标题，解读就是要写出美文的中心思想，短小精悍，还要文笔凝练。要读懂这篇"美文"，当然就要懂壶艺，否则就无法命名和解读。

当前，一些壶艺师对壶名并不重视，也不注重壶的文化元素，所以，要打出名气来也就难。一把壶的名字透着诗意，且意境幽远，显然就增添了文化味，收藏价值就与众不同。

我们知道，一个好的人名能给人以积极的心理暗示，同时也能让别人对之产生好感，从而潜移默化影响一生命运进程。

一个充满诗意的壶名，同样能给朱泥壶带来灵气，并给人以美的气息传递。

文化的穿透力

真正的工艺大师应是文化人。

工艺大师没有文化就是一位工匠，工艺大师有没有文化，从他们的作品中可窥视出来。这正如一把壶，壶中没文化，就是泡茶的工具，而当它有了文化，就不是茶具，而是作品。

壶艺好差，只是表达手艺的精细与粗劣；而有了丰富的文化内涵，就到了一种艺术的境界。拿壶来说，壶做得好说明制壶者的手艺不错，而壶中有内涵，在壶中注入了文化元素，此壶就有品味，其收藏价值大升。为什么，因为文化有穿透力，它能穿越时空，百年、千年，甚至更久远。

先讲一个故事，传说明朝紫砂制壶名师时朋，其壶艺精湛，他把这精湛的壶艺传承给了两个儿子。大儿子叫时大山，小儿子叫时少山，父子三人经常切磋技艺，时大山耐得住寂寞，其技艺十分了得，时朋认为时家的未来和希望，应寄托在时大山的身上；而小儿子时少山壶艺也精湛，但时少山认为，手艺再好，也只是壶艺的基本东西，壶艺师要超越自我，就必须创新，在创新中还要把文化元素注入壶中。

时少山不仅看书画画，而且常邀文人墨客来家里品茶论壶，著名书画家董其昌、著名学者陈继儒等就是时少山的座上宾。以前时少山请人落墨,以刀代笔,后来在董其昌、陈继儒等文人的影响下,自己直接在壶上运刀刻款,潇洒遒逸。每次做了把得意之壶,他都会请一群文人来品头论足,如果大家称赞好,他就收藏起来,如果大家都说不好,他就会当场砸毁。他吸收了文人智慧和营养,让壶艺更具文化内涵。

在当时,时朋认为儿子少山是不学无术,是在借文人虚张声势,成不了大器。而大山埋头做壶,精益求精,又做得多卖得好,成了当地的富豪。但时少山做得少,文人们说不好还要砸掉,卖的价格却比时大山的高出几倍,除了真正懂得时少山壶有收藏价值的这些文人外,几乎没有人买他的壶,这显然不能发家致富。时朋劝少山学学哥哥大山,无奈少山依然如故,时朋看着时少山常摇头叹息。

如果从制壶的数量来说,时少山比他哥哥时大山少得多,但时大山的壶留存于世的至今还没有发现一把,也没有看到文字记载。而时少山的壶在北京、上海、南京、台湾等博物馆均有收藏,且文字记载也多,当时京城里也有"千奇万状信出手""宫中艳说大彬壶"的赞声,这是因为他借助了文人的笔,传遍遐迩。有诗为证:"宫中艳说大彬壶,海外竞求鸣远碟。"明末四公子之一宜兴陈贞慧《秋园杂佩》载:"时壶名远甚,即遐陬绝域犹知之。其制始于供春,壶式古朴风雅,茗具中得幽野之趣者。后则如陈壶(陈鸣远)、徐壶,皆不能仿佛大彬万一矣。"这就是文化的穿透力。这个时少山,就是宜兴紫砂艺术的一代宗师时大彬。300多年来,时大彬的壶一直受热捧,可以说,时大彬的造壶艺术光辉，照耀着整个紫砂工艺的历史。

曾有不少收藏者向我咨询，怎样的工艺大师作品值得收藏，我说这有几个方面，主要是由工艺与文化来决定，当然职称与社会的认可度也很重要。工艺也就是这人如果是做壶的，就要看他的壶造型是不是精美，有没有文化内涵；如果雕塑，是不是出神入化；作品有没有内涵，有没有灵魂。最好还是要了解他是不是"童子功"，至少不是"半路出家"的，手艺活从小就做，一做就是几十年，只要认真去做，哪有不精的？比如时大彬和顾景舟从小就做壶，典型的"童子功"。再就是要看他有没有艺术天赋，有些人做了一辈子都成不了大师，只能是工匠一个，甚至连工匠也称不上，只能是"半瓶醋"，一辈子做出来的东西，缺失个性，没有创意，与艺术无缘，所以他的东西做得再多，也经不起时间的敲打。而好的作品往往有文化内涵，文化让它们穿越时空，而成了当今的稀世珍宝。

有人问我，什么是好作品，我说会让你眼睛一亮，让你读出回味无穷的东西，甚至产生震撼与共鸣。比如我看雕塑家陈震的雕塑，它会让我的心静下来，那"静"的是灵魂，是力量，这就是文化的穿透力。我比较欣赏壶艺大师章海元的壶，简约，却有丰富的文化内涵；我喜欢读他的壶，因为我读出的往往是诗一般的美。

多年前，一位朋友问我，章燕明的壶值不值得收藏？我说很有收藏价值，于是我把收藏的理由告诉他，他先后买了36把章燕明的壶，平均每把500元，如今有人出价30万买他两把章燕明的个性壶，他却没有卖，他认为章燕明的壶升值空间很大。他后悔当初没完全听我的，如果买了 100 把，买了我推荐的那些章燕明的经典之壶，今天就狠狠地赚了一大笔。

  当时我叫他要买有个性、有内涵的壶，但他买的大多是普通的壶，而有收藏价值，升值最快的恰恰是那些壶型独特，而有文化内涵的个性壶。而这些壶大多被"北上广"的藏家买走了。这些一线城市的大藏家眼光犀利，有前瞻性。章燕明作品社会认可度高，这也得益于文化的传播力。比如他的《奥运壶》就有 100 多家媒体予以报道和转载。

  所以说，文化的传播力和穿透力使大师的作品不断提高知名度，也使他名垂青史，壶艺师时大彬、顾景舟就是最好的证明。

捏壶

做壶,你可能见过拍片,见过手拉,但你没有见过手捏。捏壶是古人制壶最原始的做法,虽然原始,但不借助工具,这种制壶要做得实用,又有艺术价值,那是很难的事。

手捏,就是拿一坨朱泥,放在案板上先揉圆,然后拿在手上,大拇指在里,四指在外,拇指与食指中指不停地捏,捏出壶身来。

翻开中国美术史,就知道我们的祖先制陶就是用手捏的,他们凭着灵巧的双手,掌握的技巧,制作了圆而工整的各种造型,当陶坯还未全干,他们就用木片、竹片、卵石,把陶坯的里里外外进行打磨,打磨得光滑,然后再入窑去烧,这种制作已有6000多年的历史。其实祖先的打磨,与当今壶艺中的修坯差不多。

潮州陈桥村遗址为新石器中期,距离当今也有6000多年的历史,从出土的罐、钵、杯来看,这些陶器都是捏出来的。到了宋代,潮州出现了车辘轳,才有了手拉坯,也有各种各样的陶瓷壶。

历史上第一位有记载的紫砂艺人是供春,他是捏壶,捏出了那把陈列在中国历史博物馆里的树瘿壶。明人周高起《阳羡茗壶系》记载，供春是宜兴吴颐山的家童，在金沙禅寺中侍候主人吴氏读书。寺内一老僧善制茶壶，供春便私下跟着老僧学捏壶。

潮州手拉坯壶的历史很长，从宋代算起，也有千年历史。其实潮州的手拉坯朱泥壶，只不过是换了一种材质而已，由瓷土换成了朱泥。

现在你几乎看不到捏壶的，看不到是因为捏壶难度大，还化时间花精力，加上捏的壶坯没有手拉的紧实，烧的时候容易裂，成品率低，慢慢地也就没有人再用手捏壶，但潮州壶艺师林潮明为什么要"返古"而捏壶呢？

林朝明告诉我，手拉是在车辘轳上拉出壶身，拉出的都是圆的，要做其他形状几乎不可能。

他说，二十多年前，他家的门口放了一座松树桩，那树桩是斜的，他突发奇想，如果把壶做成这树桩型，肯定有趣。手拉是拉不出来的，那就用最古老的方法去捏吧！

于是他捏了起来，这一捏就捏了二十多个春秋，还捏出了个性与风格，捏出了名气，因为这种壶是独一无二的。

在林朝明捏出的壶中，最有名气，且让收藏者爱不释手的是他的《岁月留痕》，形如树桩，且有树皮的肌里，壶嘴与壶把如在大树中长出来的树枝，使得壶自然古朴，栩栩如生。这种手捏壶返璞归真，捏出了生态的美。

我是一个壶艺研究者，对林朝明的捏壶当然感兴趣，于是上门拜访，看看他是如何捏壶的。

林朝明拿出一坨泥放在案板上，揉了揉，揉成一个圆坨，然后将这坨泥放在左手巴掌中，右手捏了起来，边捏边蠕动，一直向上捏，捏起壶形来，然后用小刀在壶里修坯，把壶坯修得厚薄一样，修完后再向壶身贴塑，一层一层地贴，然后用一把小刀在壶身上雕出松树的肌理与疤痕来，壶这些程序做好后，再安上嘴与把，再做盖子与钮。

《岁月留痕》最难做的是"痕"，树皮的肌理，还有树的疤痕，凹凸不平、纹路各异，雕刻的难度大，一不留神纹路就会断裂。

林朝明从小就喜欢捏泥巴，由于他不愿读书，十五六岁就进工厂打工，那时他在彩瓷厂学彩绘、学雕塑，后来就学做壶。他说如果没有早期的雕塑功底，也就不可能有今天的《岁月留痕》。他还做竹壶，一截毛竹，有四节，壶把、钮和嘴是由扭曲的竹枝塑成，而把上的竹枝生出片片竹叶，飘逸自然，宛若天真。

所以说，人的经历，也可能成为你后来的财富。

石瓢

石瓢壶是我收藏最多的一种壶形，除了送朋友二十多把，家里仍收藏了三十多把，主要是120毫升、90毫升、60毫升的。有江苏宜兴壶艺师制作的，也有潮州壶艺师制作的，但收藏得最多的却是潮州壶艺师陈继湘，用宜兴紫砂材质，潮州手拉制作技艺的石瓢壶。

石瓢壶是经典款式，来自"曼生石铫"，是曼生十八式的一款。"石瓢"最早称为"石铫"，"铫"在《辞海》中释为"吊子，一种有柄，有流的小烹器"。"铫"从金属器皿变为陶器，最早见于北宋大学士苏轼《试院煎茶》诗："且学公家作名钦，砖炉石铫行相随。"苏东坡把金属"铫"改为石"铫"，这与当时的茶道有着密切的关系。

那么，紫砂"石铫"何时称"石瓢"呢？这应从顾景舟时期说起，顾景舟引用古文"弱水三千，仅饮一瓢"，"石瓢"就这样应运而生。

综观茶器历史，茶器都在与时俱进，所以石瓢也在不断地改良，这也是后来有了子冶石瓢，景舟石瓢，红华石瓢，汉棠石瓢等，但无论多少种石瓢，都难以与景舟石瓢相比，因为顾景舟做石瓢壶达到了顶峰，至今也无人超越。

景舟石瓢造型古朴典雅，形器雄健严谨，线条流畅和谐，大雅而深意无穷。

其中最有名的，就属这五把具有传奇色彩的寒汀石瓢壶、相明石瓢壶、唐云石瓢壶、湖帆石瓢壶、景舟石瓢壶。

20世纪40年代末期，顾景舟经铁画轩主人戴相明介绍认识了江寒汀、唐云、吴湖帆、王仁辅、来楚生等著名书画篆刻家，令他的创作思想与艺术格调多了不同视野与意境。

顾景舟精心制作了五把石瓢壶，由吴湖帆各题诗句，分别由吴湖帆、江寒汀等画竹、梅图案，除自己收藏一把外，其他慨赠戴相明、江寒汀、吴湖帆、唐云。这五把壶陶、书、画、刻珠联璧合，可称文人气息浓郁的杰作。

可见壶艺师与文人的融合是多么重要，让壶多了独特的文化与收藏价值。更重要的是多了文化的穿透力，有了这种穿透力，才有足够的传播力。

我一直有做一批石瓢壶收藏的愿望，于是一直在观察潮州壶艺师中哪个做石瓢做得最好，经过三年多的观察，找到了陈继湘，我叫他先做了几把，但还是不如意。

于是我叫陈继湘去研究石瓢壶，可先仿曼生，后仿景舟，不断地仿，仿得心领神会，然后做一把自己心仪的石瓢。

同时我也在查资料，找石瓢壶图片做比较，在二百多个图片中挑选了三十个石瓢壶形给他研究。我们一边研究，一边探讨，选择石瓢的类型，探讨如何进行改良后，陈继湘便开始制作。先一次做十把，我们从中挑出一把最满意的来作参照，再做十把，烧制出来后，再挑一把出来。

后来我带了一把回家，仔细琢磨后，感觉此壶还是少了点什么？应该去寻找一种规律。

于是我对陈继湘说，艺术是相通的，画与壶的欣赏也是相通的，当然这种欣赏需要研究去对比，比如画的三角构图，《蒙娜丽莎》《狼牙山五壮士》，画面中所表达的主体放在三角形中或影像本身形成三角形的态势。

于是在电脑中找出这两幅画打出来，用三角形画出来。

然而壶的构图更直接，比如石瓢是三角形构图，石瓢的壶身从钮顶点到底可用三角线条连起来，从石瓢壶底的中心点与壶嘴顶沿到把的顶点用三角线条连起来，都是面积相等的等腰三角形，钉足是三足鼎立，那是等边三角形。还有筒三角、把三角、钮三角等三角结构，真正做到身如磐石，稳如泰山。

陈继湘看后，兴奋了，他对我说，如今他找到了做石瓢的灵感了。

于是他做了十把90毫升的，把把好，除了一把裂的，我全买走了。

石瓢壶是容量越小越难做，我对陈继湘说，你做二十把60毫升的给我，不急，慢慢做，慢工出细活。他就这样慢慢地做，半年后，他才把这二十把壶给我。

我还收藏了多把章海元的石瓢，他是手拉朱泥的，我最喜欢的是那把他用绞泥做出来的石瓢。壶形虽然是仿石瓢，但胶泥的纹理却让这把壶更加充满韵律节奏。壶体线条流畅，风格清和恬淡，给人以神清气爽的感觉。

那是 2016 年春节过后，也喜欢玩壶的文友苏仕日来喝茶，他拿起这把壶左看右看，当翻底看时，眼前一亮，这底部的花纹不是"福"字吗？图案还有一种奇特之景，就是壶底图案犹如一小孩在给一个坐着的老者拜寿，这不是福吗？

之后我发现壶盖上的花纹是一只凤，凤寓意吉祥，这"盖上吉祥，壶底是福"的发现，显然让这把石瓢壶收藏价值大升，于是我把它藏了起来。这种图案是可遇不可求的，并不是壶艺大师想拉就能拉出来的，当然也是世上唯一的艺术珍品。

由此，我还写了一文《另一种眼光》，在最后如此写道：换一种眼光需要有对生活的敏锐观察和深入思考。在这个多元世界里，用另一种眼光看待事物，就能练就一双善于发现的眼睛，在生活中寻找到更多的美，当然也可以寻找到更多的商机。

辑二

画人生

　　为了摆脱外界的干扰,他决定搬到与外界不接触的山上去住,妻子骂他是不食人间烟火、不近人情的畜生,于是他们分道扬镳了。而那个女人却非常支持他的选择,并愿随他上山,为他磨墨做饭。

　　他在那座山上整整住了7年,然后带着他的作品走下山……

复活的古沉木

看过郑剑夫先生的古沉木雕刻作品，下次看到不用问作者是谁，我大都能知道这是郑剑夫先生的作品。因为他的作品风格独特，个性突出。

不少人对我说，你的眼光很独到，且毒辣。其实这"毒辣"的眼光说起来也很简单，如果我看过一次的工艺品，没有深刻的印象，下次不能一眼辨认出来，可以说这工艺品几乎没有什么个性。

我的家乡江西余江是雕刻之乡，从事雕刻的人员有3万多人。我接触木雕的时间有40多年，最早是20世纪70年代末在一家木雕厂干过一段时间，还去过上海一家木雕家具厂工作过，后来回家乡读高中。

来广东工作后，去过浙江东阳与福建仙游多次，如今生活在占有"中国四大木雕"一席之地的潮州木雕诞生之地，中国历史文化名城潮州。日常看木雕无数，有个性的木雕品少之又少，大都是同质化的。

2021年7月，去浙江嵊州参观郑剑夫先生的美术馆，我观看了他的一件件作品后，在微博中如此写道："浙江嵊州，参观了古沉木雕创始人、中国工艺美术大师郑剑夫的美术馆，在他的工作室我们畅谈木雕艺术。他的作品有着鲜明的个性，大多依材质的形态与肌理而雕成。看木雕无数，但看郑大师的木雕，还是犹如春风扑面而来！"

我喜欢郑剑夫的《幽谷灵秀》，这是因为除了那坐在石壁下的山野老人，整个古沉木并没有留下刀的痕迹。古沉木天生自然的肌里无须雕刻，那是大自然赋予的美丽画卷。这来自大自然的艺术品，只是大师在石壁下点缀了"人气"，让作品从此有了生活气息，这"生活气息"的点缀，却使整个作品活了起来，有了更高的艺术价值。

"大美无痕，大匠不雕。"《幽谷灵秀》无痕而不雕，只是依自然之形状，通过打磨而演绎出鬼斧神工，只是添了一个人物，使画面有灵动之美。

这是匠的功力，画的气韵，诗的意境。

我喜欢郑剑夫的《天门》（这名是我改的，原名叫《和谐之门》），《天门》不需修饰，就是天然的一扇门，这样的门，在自然界也可找到类似的，但那不是能搬进艺术殿堂的自然之门。叫"天门"，是因为这样"大美无痕"的作品往往是上天赐给我们的，而郑剑夫大师在天地之间只是加了一个人。那个戴着斗笠，盘着脚，安详地坐在天门脚下的老人，让《天门》有了"天地人和"之寓意。

命名难，命名要切入主题，还要让名好听、大气、易记，有文化内涵，甚至可让人浮想联翩，这就不那么容易。在我看来"天门"有诗意，当然更佳。

我喜欢郑剑夫的《观瀑图》，作品依古沉木的形态和肌理，选择可雕之处。这古沉木形如一座巍巍大山，从半山腰是飞流直下的瀑布，瀑布一边是两个观瀑布之人，观看的神态，可用一个"神"字来概括。另一边是个依山而建的村庄，村庄在绿荫掩映下，显得分外幽静。这哪里是古沉木雕，这是一幅神来之笔的中国画。

当拿来一块古沉木，创作者必须胸有成竹，拿来这种"神来之笔"功夫，才能有巧夺天工之妙，这妙，妙在自然物的天趣美感与格调的统一，妙在独辟蹊径，艺术升华的独特风格上，让材质的灵动性发挥得淋漓尽致，给人清新扑面之印象。

我喜欢郑剑夫的《秋趣》，因为整个作品栩栩如生，有一种天然的美感，但都看不到刀痕的印迹。

这是两个番茄，还是两条秋瓜，看起来都像，就看你怎么看，这么想，这就是艺术家需要的艺术意境。至于那下面的是不是一只小狗，抑或是一只大蜗牛，全由你说了算。

总之艺术家给了你想象的空间，让你有了更多的诗与远方。

《福瓜》与《秋趣》有着相同的创作理念，两瓜一大一小。但我看了《福瓜》，突然蹦出《母与子》之名，你看母与子心连着心，天下父母的心都连着孩子的心，要不，就不会有"儿行千里母担忧"这样的流行语。

这些沉在地下万千年的木头，经郑剑夫先生发现的眼光，有的加上他的艺术之刀，一个个"活"了起来，神奇起来。比如那《荷塘清趣》，如果没有那发现艺术的眼光，不在古沉木原有形态中雕刻几朵莲蓬，加上荷叶顶上那对在"调情"的小鸟，荷塘里还能这么有情趣？

依物象形、因材施艺，以局部巧胜突出天趣、意趣、情趣，在郑剑夫的很多作品可看到。

我喜欢郑剑夫《一百零八将》中的人物，比如《鼓上蚤时迁》，那块木头如果丢在乡村的路上可能丢进了灶膛，但他根据木料的形态雕刻了"丰收"归来的时迁，背着金银财宝回来了。那脸部的表情，把整个画面都带灵动起来。《武松》是神来之笔，在一块木头上只雕了一个头，一只拳头，那是打虎的拳头，显得那么虎虎生威。

依物象形，发挥想象力，这是一个丰富联想的过程，也是一个创作策划的过程，从《鼓上蚤时迁》到《黑旋风李逵》，从《神机军师朱武》到《入云龙公孙胜》……都有独特的外形，丰富的内涵，深远的意境。李逵的形态那是黑旋风的自然标志，而公孙胜除了头部全是"云"，这不是"入云龙"，还是什么？

或许是不需要刀痕的阵痛，或许是需要少量的"手术"，犹如少女需要整容，稍微动几下刀，就有一副楚楚动人的面容。

因材施艺，寥寥数刀，就能把人物刻画得如此形象逼真，意境深远，这是一种什么样的艺术？这难道不是一种化腐朽为神奇的艺术？

遵循自然，但必须高于自然，才能意境高远，从而达到臻善之美。

我还喜欢郑剑夫的《石上闲语》，石上的五只小鸟形态各异，它们在数说什么？数说着这万千年古沉木的变迁与故事？

我喜欢《一蓑烟雨》，那是因为我喜欢苏东坡"一蓑烟雨任平生"的诗句,这句诗更能表现郑剑夫大师的艺术追求精神。

如何构建古沉木雕艺术的精神骨架,需要创作者有"一蓑烟雨任平生"的乐观与执着,还要有一种深刻的思想内涵,一种耐得住孤独寂寞的创作环境。创作需要价值取向,但更要这种人生态度。

有理念,还要有慧眼,这"慧眼"首先要有创作的天赋,这天赋又来知识的积累,艺术的涵养与经验的不断总结。

郑剑夫的作品有"三独":独存的记忆,独有的语言和独特的风格。这也是我花篇幅来写郑剑夫作品的根本之因。

真正艺术家是用作品来说话的,不是用头衔来说话,头衔再多再高,没有风格独特、具有个性的作品,显然不是一个真正的艺术家。

一件好的作品能让人触景生情,产生心灵的震撼。这样的作品才能进入艺术殿堂。这也是郑剑夫的作品能在国家博物馆、中国美术馆、上海世博会中国馆等展示或被收藏之因。

民谚有说:"纵有珠宝一筐,不如乌木一方。"我喜欢郑剑夫的作品,并不是古沉木如何贵重,而是他作品的独特性与艺术性。就如画画一样,宣纸再好,涂鸦的是一个蹩脚的画家,又有什么艺术与收藏价值?

古沉木珍贵,是要遇上了郑剑夫这样有慧眼、有思想,刀功精,对艺术有一种执着追求的大师,才能锦上添花,臻善至美,创作出一件件撼动人心,独树一帜,让人叫好的作品来。

画人生

陈仰中老兄今年 80 岁，可以说他与陶瓷艺术打了一辈子交道，他在用他的笔，画他的人生，一画就是 60 年。

人生七十古来稀。但仰中老兄，依然耳聪目明，依然在画他的人生。

我在一篇文中说过，让我叫老兄老弟的，就那几个人，而在我生活的城市，他是我唯一叫老兄的人，因为他的艺术人生令人敬佩。

他的作品的特点是大，大得气势磅礴，比如他创作的黑檀木瓷板画《松鹤屏风》，长 12 米、高 3.12 米，差不多耗了两年的时间。画面是苍松翠柏，祥云瑞鹤，姿态万千，惟妙惟肖：有的引颈啸天，有的埋首入羽，有的低首觅食，有的闲梳羽毛，有的振翅欲飞，有的翘首张望，也有的三五成群、窃窃私语……举首投足间，所有的表情和体态都被仰中兄表现得淋漓尽致，生动有趣。

还有被称为中国最大的鱼缸《松鹤图大鱼缸》，有直径 2.08 米的百花百鸟大挂盘……这些大的作品气势磅礴，令人惊叹，但创作的难度，是令人难以想象的。

拿《松鹤图大鱼缸》来说，知道这个缸有多大？直径2.08米，有多重？2800多斤。巨大的缸体外表面，松影交错白鹤亮羽，苔石梅柳相映成趣，画面上部以朴拙的隶书点缀题写的诗句。缸体画面构图丰满，风格古朴而端庄，自成一格，宛如一幅精美的画卷……整个圆周画面的元素"环环相扣"，无论在哪一处停留，眼前都是一个和谐完整的构图。

我是目睹了他创作《松鹤图大鱼缸》，缸比人高，要站在板凳上画，缸的底部，他是蹲着画，再高一点，弯着腰画，再高一点，站着画，再高一点，举起手来画……画呀画，一笔一笔地画，画过了春天，画过了夏热秋凉，也画过了寒冷的冬天。

那是一个酷热的夏天，我一早就来到"仰中美术馆"，走进仰中兄的工作室，只见他上身赤着，下身穿着大裤衩，左手拿着有颜料的碟子，右手拿着毛笔，在大鱼缸下埋头地画，我站在他的身后看，直到他换颜料才发现我，他放下手中的碟与毛笔，我们喝起了工夫茶，接着他又去画，我又在他身后看他画。

时间如流水，不知不觉到了中午，仰中兄穿上衣服，向外走。我们在旁边的小饭店，要了一大盘炒凤凰米粉，每人要了一碗紫菜肉汤。吃过之后，我们又回到"仰中美术馆"喝茶。之后他又开始创作，画鹤的羽毛，画松树的叶子，一笔一笔，那一只鹤要画多少笔，数不清。总之我知道这只大鱼缸仰中画了500多个日日夜夜，这是需要很强的毅力与忍耐力的。

创作时间越长，用笔就越细致，需一丝不苟，因为工笔画着重线条美。

艺术家是需要耐得住孤独的，孤独中才能创作出好作品。

这个是"庞然大物",重达 2800 斤,是从景德镇运到潮州的。那是 2009 年,仰中兄在景德镇觅得这个巨型胚体,运回来还真颇费周折,胚体要从美术馆大门口搬到工作室,可是动用了多种专业设备和特制工具。铲车、铁板轮车、钢板桥架以及俗称"葫芦"的专业起重设备都用上了。就是登上门外的 3 级台阶,前前后后折腾了一周时间。

画好了,还要去烧,这就更是一个挑战。仰中兄对我说,烧制这个"庞然大物",成功率不高,"在国内,这么大这么好的白胚缸可能只有这一个"。

从把这个"庞然大物"从景德镇千里迢迢运到潮州,再搬运到仰中兄的工作室是个挑战。怎么构图,画什么才能壮观有气势,而又有"完整美",这又是一种挑战。画了一年多的时间,去烧制成功,就更是一种挑战。

如今这个直径 2.08 米,重达 2800 斤的《松鹤图大鱼缸》摆在仰中美术馆分外耀目,是镇馆之宝。曾有老板出巨款要买这《松鹤图大鱼缸》,仰中兄就是不动心,因为这也是他画人生的一个象征。

仰兄中说,有位房地产商看中了他的一对大花瓶,要买,可又没那么多钱。他把仰中兄拉到一旁,悄悄地说:"陈大师,我用陶瓷中心 200 多平方米的店铺跟您换,您把这对大花瓶给我。"

仰中兄还是舍不得,因为这对花瓶也是他的代表作,但人家如此喜欢,是不是"彩云追月得知己"?于是仰中兄与这位房地产商就成交了。

当然,他作品的特点不只是大,还把中国画与潮彩,尤其是岭南画与潮彩融于一体。运用新彩颜料，结合潮州传统的艺术，形成自己的独特风格。

艺道轮回悟而后生。有人说，瓷板画之所以能打动人，在于情与境二字。感人心者，莫先于情，情者，爱与恨也。境者，诗也，文也，气韵也。看仰中兄的瓷板画，景与情会，景与境合，还看到了他内心深处的那种自由奔放。你看他笔下那花的绽放，鹤的自由自在，百鸟争鸣的画面，让人有一种向往。

有人说字如其人，这是有一定道理的。一个画家，如果书法不行，是很难成大家的。历史上的苏东坡、米芾、赵孟頫、董其昌，他的画与书法都是相媲美的。

仰中兄的画与书法同样是相媲美的。他的瓷板画《香在笔墨中》，是香在书法中。这是一幅长横幅的梅雀图，梅花主干构成画面主体，群雀聚散其间，还有点缀的点点白梅。整幅画是上满下空，于是仰中兄在2.4米的瓷板画下面题写了500多字。这书法质朴中含典丽，严谨中见洒脱，自然中有清奇，婉约中寓豪放，字里行间说着奔放的自由。在他的瓷板画中，字大都占的篇幅不小，有的占三分之一，有的占一半，有的上下题款，没有书法底子的硬功夫，有几个画家敢如此大胆？

仰中兄的胆子是大的，他是20世纪最早下海的那一批人。仰中兄，1964年进彩瓷厂工作，便是他画人生的开始。为了自由地奔放，1984年他带着太太毅然决然地辞职，在家里搞起了单干，这是多么需要勇气和魄力。苦不用说，累是一定的，万事开头难，路是自己斩断的，也是自己选择的，只有往前，没日没夜地干，否则怎么生存？

1986年他的《釉上堆金花鸟天球瓶》获国际莱比锡博览会金奖，这也奠定了他在工艺界的地位。

后来枫溪陶瓷研究所请他到所里工作，仰中兄至今还认为，在枫溪陶瓷研究所工作的三年，是他人生之路的关键三年，因为那时枫溪陶瓷研究所聚集了陈钟鸣、王龙才等这样的大师，这让他学到了很多东西。

毕竟仰中兄还是下过海，尝到过下海的甜头，他下班后，仍在家里画他的花瓶，然后销往新加坡。仰中兄说，那时的钱好赚，来得快，头天烧好的花瓶，第二天就被买走，于是三年后他又辞职开始了他的单干。

如今80岁的仰中兄，在紫莲山庄找到了一处寂静的地方，这里没有网络，陌生人打来的电话，他是从来不接的，他只一心种他的花，养他的花，画他的花，还画他的瓜果……

仰中兄无论是画，还是字，都给人一种豪放自由之感，这与他的性格有关。有句话说，性格决定命运。性格也决定他画的风格与个性，因为他画的每一笔，都是在画他的人生。

追寻"雨过天青"

"古老的东方有一条河,它的名字叫黄河……"黄河被国人称为"母亲河",在中国历史上,黄河给人类文明带来了巨大的影响。

紧邻黄河边,著名的花园口,有一座重要的文化标志:郑州窑中国青瓷标本博物馆。这个博物馆陈列着国内 100 余座青瓷窑口的 10 万多片青瓷标本:商代原始青瓷、战国青瓷、越窑、湖田窑、长沙窑、耀州窑以及河南各地金元之前的数十家青瓷窑口,琳琅满目。这个博物馆为什么要陈列百余座青瓷窑口的青瓷标本?还这么多,显然是为研究,是为了一个梦想。

这梦想,就是让失传千年的郑州窑青瓷制作技艺再回人间,重放异彩。

这梦想,也是一代又一代陶瓷人的梦想。

可要实现这个梦想,谈何容易。

《瓷史》记载说:"五代数十年间,其瓷窑可考者有五,曰郑州窑、耀州窑、宣州窑、南平窑、越州窑。"郑州窑为诸窑之冠。然而,自五代后,郑州窑柴瓷就神秘地消失了。

神秘消失了千年,还能寻找回来吗?如果能寻找回来,千年来，可能早就有人把它寻找回来了。要不柴瓷怎么也不会被称为当今中国古陶考古领域的最大悬案！

文献称郑州窑为御窑，是五代后周所立，其开创的天青釉瓷影响特别深远，有"青如天、明如镜、薄如纸、声如磬"之说。

"这么好的青瓷就这么失传了？失传了，怎么就没人重新找回来？"

二十多年前，一个叫孙军的年轻人站在黄河岸边这样追问。

这个当年陶瓷家族里最具魅力的天青釉瓷器，让这个年轻人深深着迷了，他面对黄河呐喊着："我一定要把柴瓷找回来！找回来！"

此时的孙军，望着黄河之水，吟起李白的《将进酒》来："君不见，黄河之水天上来，奔流到海不复回。君不见，高堂明镜悲白发，朝如青丝暮成雪。人生得意须尽欢，莫使金樽空对月。天生我材必有用，千金散尽还复来……"

这是明志，这是孙军告诉自己，哪怕"青丝暮成雪"也要找回这失传千年的柴瓷，哪怕"千金散尽"，也要让梦想成真。

这个喜欢陶瓷的年轻人，那时已对钧瓷和汝瓷有了一定的研究，正是在对这两个中国古代重要窑口的深入研究和探索中，使他发现了消失于历史长河的郑州窑柴瓷，并为之着迷。

那是1997年，孙军偶然来到汝瓷产地宝丰清凉寺，第一次近距离考察接触汝瓷（当时汝瓷窑址还没有被发现，直到2000年才开始发掘），并带着大量青瓷标本后，钻进图书馆探寻河南古代名窑时，在古籍里与郑州窑"相遇"了。"相遇"之后，他就把心思放在寻找郑州窑的"蛛丝马迹"上，通过这些"蛛丝马迹"来寻找柴瓷远古的足迹。只有厘清柴瓷的概念，理清郑州窑的特点与脉络，才能与其他的青瓷做比较，制作出文献中记载的柴瓷作品。

为了心中的梦想，孙军到处寻找资料，还到日本、我国台湾等地寻找文献，他收藏的陶瓷文献书籍有2000多本。他还去各地的博物馆看青瓷，远赴十多个省市一百余座青瓷窑口，搜集青瓷标本。有的窑口跑了数十次，来来回回，跑了多少路，数不清，数得清的是那登记后的一片片青瓷标本，从第一片，到第十万片，耗费了二十多年的时光。

那时他是满腔热情，有"奔流到海不复回"的意志和毅力，如果知道寻回郑州窑青瓷需要这么漫长的时间，春夏秋冬七千日，不知他是否有这样的勇气与气魄？

一袋一袋把标本背回来，一片一片整理记录，观察、比较、分析、研究……就这样一步步地逼近柴瓷的真相。

柴瓷究竟长成啥样？它的本来面目是什么？要揭开这面纱，就必须从柴瓷的特点来寻找真相。文献记载，青如天、明如镜、薄如纸、声如磬，是柴瓷的特点，为诸窑之冠，郑州窑要成为诸窑之冠，就是有着其他窑达不到的"天花板"。

这"天花板"让孙军常常夜不能寐，有一个晚上他睡在床上辗转反侧。屋外下着雨，淅淅沥沥的，孙军悄悄地离开了卧室来到了书房，他翻看着自己这么多年的研究笔记，看看能不能寻找着突破口？

外面的雨停了，他拉开窗户，天已亮了，这时一缕阳光从云层中照射出来，云层间露出美丽养眼的青色……

对啊,"雨过天青云破处!"孙军开着车,跑到了野外,他不是等烟雨,等的是那雨过天空的颜色。

从此之后,每当雨过天晴,他都要观察这雨过天空的颜色,用相机拍下那一幅幅"天青色"的天空。孙军还委托经常驾驶越野车到无人区旅游采风的好友樊祥龙帮他拍摄雨过天青色。他把这些颜色与标本中的一百多种青瓷反复比较,确定哪一种才是那柴瓷的"天青色"?

薄是郑州窑柴瓷区别于汝瓷、钧瓷等其他青瓷的一大特点,但相对而言,破解"天青色"更难。为了破解这"天青色",他翻古书、寻照片、配矿料、改细节,一个配方调整烧制了五年时间,终于烧出了那理想中的颜色。

"我不敢说我烧出的一定就是千年前的柴瓷,但越来越逼近历史记载中的柴瓷。"孙军这话是实事求是的。

不管怎么说,孙军这种精神可嘉,2021年4月郑州市政府公布郑州窑青瓷烧制技艺为第七批市级非物质文化遗产传承项目,这年6月,郑州窑青瓷荣膺中原贡品保护名录,孙军也成了郑州窑青瓷烧制技艺传承人,这当然是对孙军恢复柴瓷的最好肯定。

孙军说:"青瓷颜色上百种,目前只恢复了很少一部分,把失传的技艺找回来,路还很长。"

"路漫漫其修远兮,吾将上下而求索。"孙军面前的路不仅仅是把失传的技艺找回来,还要与时俱进,守正创新,否则,柴瓷找回来了,未来又会不会神秘消失呢?

这不仅仅是孙军所远虑的……

国家的宝贝

我这一辈子真正叫老兄老弟的人并不多,也就那几个人。

平时我习惯叫人的职务,比如张三是局长,我叫他张局长,李四是科长,我李科长;至于老板,他姓什么,我就叫他什么总;至于艺人,评为大师的,我叫他们大师,没有评上的,就叫他们师傅,或者老师……很少直呼其名。

吴闻鑫是我几个叫老弟中的一个,一般我都叫他"闻鑫老弟",他叫我老哥,二十多年的友情不咸不淡,有事聊一聊,没事聚一聚,二十多年就这样淡然自得。

闻鑫老弟是演绎百年风采大吴泥塑的第二十四代传人,广东省非物质文化遗产大吴泥塑项目代表性传承人,而他的父亲是国家级非遗项目代表性传承人,他师从于父亲吴光让。

他的父亲吴光让追求的是大吴泥塑的古风技法,闻鑫老弟也有所追求,但他的作品似乎多了文风,多了诗意,这是他与其他人制作大吴泥塑的区别之处。

在我看来,闻鑫老弟首先是位诗人,他有诗人的气质与风骨,这也是我常调侃他是一位"愤青"之因,愤怒出诗人,诗作就这样产生。不过他还喜欢古诗词,他的诗是带有古风的。

他的诗大多是有感而发，比如他创作了《布衣妇》，便有了"浓妆淡彩总相宜，春光照影水为诗。红梅远逊布衣妇，二月青青已多时。"

比如2015年10月他在台湾文化交流，见车窗外田野时，他吟诗一首："车外景色梭，绿野叹蹉跎。百载海与雨，千古风与歌。"在越南国际艺术节开幕时，正逢雨色苍茫，于是他写下了《异乡》："霓光水色独客心，雨淋他乡今时人。路人岂知君是客，我不开声假似真。"到拉美文化交流，他写下了"两万里路两万金，一寸乡愁一寸真。夜半晚宴我独饮，繁纷不与异乡人"。到中国美术学院培训，他写了《秋叶》，在悉尼、在法国、在韩国、在俄罗斯等国都曾有吴闻鑫现场演示泥塑技艺的身影，也留下他有感而发的诗文。

其次他才是艺人，因为他从小就受到父亲的熏陶，捏泥巴，塑人物，这是他们家的手上功夫。

正因为闻鑫老弟首先是诗人，再是艺人，他的作品才有诗意，这才是收藏家所追崇的。

闻鑫老弟的《农闲》，是两位农民汉子在大碗喝酒，用树桩做成的桌上放着三盘下酒菜，左边的汉子挽起裤脚赤着脚，露着胸，而右边的也是挽起裤脚赤着脚，上身裸露着，肩膀上搭着毛巾，两人一边喝酒，一边侃。闻鑫写的是《香子兰酒》："酒未饮尽人已香，不羡王侯不羡仙。神游云天九万里，醉里今夕短与长？"如果与闻鑫老弟喝酒，一边聊，一定能喝出这种"神游云天九万里"的感觉。

我尤其喜欢闻鑫老弟的《讲古》，收藏了这件作品，并摆在客厅,这样就可以天天欣赏。把《讲古》放在客厅,是因为《讲古》会让我回忆起童年。作品有三个人物:老人与两个小孩。老人赤裸着上身,穿着一条长短裤,两脚叉开,右手拿着烟斗,左手比画着讲述故事的投入神情,两个小孩坐在四方板凳上,一个右手托着下巴,左手捏着耳朵,头昂起来,双眼聚精会神地望着老人,双脚挑了起来;而另一位小孩双手撑在板凳上的边沿上,两腿夹在板凳上,脚丫踏在板凳的直枨上,侧头倾听,他在看着老人的一举一动。

小的时候,我们也是这样,夏天坐阴凉处,搬着板凳去听老人讲古,听到惊心动魄处,我会和那小孩一样,紧张得把双脚勾起来。

我生在农村,长在农村,高考落榜后还在乡村种了八年田,所以我对吴闻鑫的乡村题材很关注。我尤其喜欢他的《挑刺》,这是乡村生活味很浓的作品,丈夫脚底被刺扎伤,断刺留于肉里,妻子用绣花针细心地为丈夫挑刺。虽是生活小事,却体现出夫妻在平平淡淡的生活中那种不必言明的爱。

小的时候,常看到母亲为父亲挑刺的情景,那时父亲挑担与推车都是赤着脚的,推粮食、推土、推石头……推得重,身子往前倾,每走一步,脚板踏在路上是有力的,刺扎在脚板上都是很深的,每次母亲为父亲挑刺,总是小心翼翼地把刺挑出来。

吴闻鑫在继承发扬传统工艺的基础上融入生活元素,但创新始终没有离开脚下的泥土。所以,他的题材都来自乡村,来自身边的故事,那些带有浓郁乡土气息的作品,无论是在国外展出也好,还是在国内展出也好,都特别受热捧。因为创作来源于生活,又高于生活。

吴闻鑫通过简练的造型、明快的线条和朴素的色调,以及人物愉悦神态的塑造,体现出家庭和谐、社会和谐的意境。

说到家庭,我想起了一次去闻鑫老弟的工作室,发现了一个秘密,就是他作品的女主角,五官都像他的太太。吃晚饭的时候,我俩一边呷着小酒,一边聊着。我看到闻鑫老弟喝得满脸通红,便想起了那个秘密。我说闻鑫老弟啊,你作品的女主角,她们很像你太太,你太太又不是绝世美女,何必如此自恋?

他听后,哈哈大笑,这秘密老哥是第一个看出的,其实我老婆不是美女,但在我心中就是美女,情人眼里出西施嘛!

于是他吟了起来:"西子浣纱越溪畔,蹙眉抚胸水中荡。楚楚可怜郁郁态,神韵撼世惹鱼沉……"

我看着他的样子,眼泪都笑出来了,闻鑫老弟真性情中人,难怪他是妇唱夫随,难怪他们夫妻的感情一直都很好。

名艺人塑造了名艺品,名艺品又催生了代代名艺人。大吴泥塑历史上最有代表性的人物是清末的吴潘强,之后最有名的就是吴来树。关于吴潘强的民间传说不少,比如《吴潘强捏总兵像》《吴潘强捏"双咬鹅"》《吴潘强鸟笼挂师爷头》……我比较喜欢的民间传说是捏"双咬鹅"和"鸟笼挂师爷头",前面是说明吴潘强自小聪明伶俐,练得一手好手艺,说他手里拿着一团泥巴,一会儿捏成老人、小孩,一会儿捏成猪鸡狗。说他眼力好,手指头灵,捏的东西没十分像也有八成像。那是吴潘强十岁那年的一天,小潘强被父亲揍,坐在门槛上哭。这时,门口两只大鹅,突然"嘎嘎"大叫,相斗起来。吴潘强一见,便止住哭,两只眼睛看得直勾勾的,手中的泥团马上就捏起来。小指头捏呀捏呀,片刻间就捏出了两只泥鹅,你咬我的头,我咬你的颈,死死扭在一起,跟门口那一对打架的真鹅简直是一模一样!

而《吴潘强鸟笼挂师爷头》这个民间传说,不仅讲了吴潘强捏泥塑的功夫了得,而且对他的人品、个性表达得淋漓尽致。师爷是知府"身边的人""高参",吴潘强敢和他较量,斗智斗勇,这说明吴潘强不畏强权。这个民间传说是这样写的:

潮州府有个师爷,听说吴潘强捏泥翁仔捏谁像谁,就请他来为自己捏头像,价钱讲定为二十个龙银。那天,吴潘强带了一坨泥巴,来到师爷府上,坐在炕床上一边与他喝茶聊天,一边把手藏在茶几下捏泥巴。茶过三巡,吴潘强已把一个头像放到师爷面前。

师爷想,才喝三盅茶功夫,你一个臭泥匠就赚了二十个龙银,这钱也太容易赚了,不行!师爷拿过泥像说:"捏得不怎么像我,这钱不能给你!"吴潘强说:"既然不像,就不要它。"他拿起头像,扬长而去。

第二天,潮州城可热闹啦,都说师爷的头挂在城门上面的鸟笼里,成千上万的人在城门脚下观看。师爷知道后,气得七窍生烟,便叫人把吴潘强找来,气势汹汹地说:"吴潘强,我要告官,告你戏弄我!"吴潘强说:"你不是说那个头像捏得不像你吗?既然不像你,怎能说我戏弄师爷?我捏的头像,爱挂哪里就挂哪里,与你何干?"师爷听了自觉没理,赶快说:"像我,像我!正是我的头像,快把它取下来!"吴潘强说:"既然像你,工钱就得如数付给。"师爷为了取回头像,只好把二十个龙银照给。

民间传说中,最能体现吴潘强艺术的是讲他捏豆渣猴:"原来八仙泉上,各蹲着一只豆渣猴,惟妙惟肖,豆渣发了霉密密麻麻地细如猴毛,风一吹,那两只猴俨然活的一般,众人啧啧叫好。大家正要动手把它们抬出去,吴潘强进来了,喊了声:'慢!'只见他从衣袋里掏出几包色粉,用毛笔套蘸着,放在嘴边轻轻一吹,猴毛立即染上颜色,猴子更加逼真了,吴潘强又嵌上龙眼核作猴眼珠,看样子豆渣猴简直要跳走了。"

吴潘强当然是大吴泥塑历史上最有代表性的人物,从这些传说中就可以看出他捏泥塑的技艺是如何精湛。

跟许多民间艺术一样,大吴泥塑经历了几多风雨,几多沧桑。从衰落中升起,又从升起中衰落,几多沧桑的大吴泥塑,鼎盛也好,萧条也罢,艺术却都是永恒的。

那是二十年前,我陪同中山大学民俗专家、博士生导师叶春生教授来到大吴村,在路上,叶教授担心看不到大吴泥塑。在这个物欲横流的年代,这种不赚钱,又苦又累,还要耐得住寂寞的活儿,的确没有多少人愿干,更何况还要养家糊口。愿意干的人,除非他有一种理想和追求,甘于清贫。叶春生教授对我说。

我们坐车来到大吴村,在村头,我们下车了,叶教授迫不及待地向村民打听有没有做大吴泥塑的,村民说,可能没有,谁还做那玩意儿。

我跟着叶教授向村中走去,逐门挨户地问还有没有做泥塑的,当我们问到一村干部时,村干部告诉我们好像还有一二家,于是村干部带我们去看大吴泥塑。

这是一家很普通的房子,当我们走进去,叶教授看到了那用玻璃罩中的大吴泥塑,叶教授问站在身边的汉子:"这是你做的?"

汉子笑着说:"我做的。"

"什么时间做的?"

"半年前,没有什么人买,所以做几个玩玩。"

叶教授左看看,右瞧瞧,像孩子似的拍手说:"好,没有失传,还有人玩泥塑!"这个坚守的汉子就是吴闻鑫的父亲吴光让。

叶教授看着吴光让说:"这是非物质文化遗产,是国家的宝贝,一定不能失传,失传了,我们这一代人就是历史的罪人。"叶春生认为,困境是暂时性的,当经济不断发展,人民的生活水平不断提高,收藏的人就会越来越多。古语有云,"乱世黄金,盛世收藏",收藏的最佳时代到了。

陶醉在泥土之间,遨游在艺术之中。由于他们父子的坚守,如今大吴泥塑早已声名鹊起,也就不再为养家糊口发愁。

"情因经年三千尺,艺皆逐浪一丈舟。莫言佳品出妙手,几多岁月上下求。"这是吴闻鑫的一首诗。

是的,正因为吴闻鑫以及他的父辈和祖先的坚守,大吴泥塑已传二十四代,正因一代又一代的上下求索,如今才成为"国家的宝贝"。

三次印象

七年前的一天，在市委机关工作的老方打电话给我："艺术评论家同志，今天有时间吗？我带你去看一个陶瓷艺人的作品。"

我说有，老方就把车开到我的单位大门口。车子开到枫溪马路旁边店铺便停了下来，我们走进了一个艺人的工作室，只见是一个女的，个头不高，人有点胖，四十岁不到，她正在画瓷瓶，见我们来了，忙起身迎接。

老方介绍说："这是陶瓷艺术家陈碧香，"然后又用潮州话介绍我，"这是安卡总（音）。"我听得出来是我的名字，其他的我就不知道老方说的是什么。

我们坐下来喝工夫茶，老方边喝茶，边用普通话介绍陈碧香的作品。

我喝了几杯工夫茶，便起身在陈碧香的工作室转悠，全是大大小小的花瓶，大的一二米高，小的几十厘米高，画面不是牡丹，就是山水，由于花瓶上下的装饰大同小异，潮彩、描金，且图案有种千篇一律之感。这时陈碧香过来介绍说，这些都是客户定做的。

虽然我没有说什么，但这女人聪明，大概知道我心里在想什么，确实那时我觉得这些花瓶艺术性不强，但摆在客厅是富丽堂皇的。但艺术家也要吃饭，也要走市场，不能饿着肚子创作，客户需要的，才是她要画的。

这是我对陈碧香的第一印象。

过了两年，艺人老蔡邀我去他工作室喝茶，然后他说带我去看一个青年艺术家，说她很有潜力，耐得住寂寞，肯在作品上花功夫。老蔡开车把我带到这个青年艺术家的工作室，这青年艺术家居然是陈碧香，我忍不住笑了。

我在她工作室转了一圈，看到的还是那大大小小的花瓶，不过当我走到最里面的角落，那几幅山水瓷版画，让我眼睛顿时亮了，笔墨流畅，色调浓郁，采用流、擦、点、染之法精心绘制，加上潮州传统工艺彩绘技艺，使画面更加丰富多彩，大气恢宏，意境幽远，那沟壑肌体，松石奇丽，感觉更加厚重与雄浑，使山石有气势有精神，再现了自然造化之神功。

她的花鸟有吴昌硕的那种洒脱随意，酣畅饱满，设色浓丽鲜艳；山水有清代画家王时敏的用笔含蓄，格调苍润，布局严谨之感。

陈碧香的笔墨意趣，灵动感强，如果这样画下去，未来还真的要刮目相看。

这是我对陈碧香的不同印象。

三年多前，我去小贺单位聊天，小贺说："我们去香姐那里喝茶。"小贺的单位在国际陶瓷中心旁，开车几分钟就到了。

原来小贺说的香姐就是陈碧香，她把工作室搬到了这里。她的工作室不再杂乱无章，不再看到那些大大小小的，画面千篇一律的花瓶，即使是花瓶也让人耳目一新，且艺术性很强。尤其是那一幅幅瓷版画，更让我心动，每幅我都是驻足欣赏，从色彩到画风，从笔墨到风格，细细琢磨。

《琴声来知音》以细腻生动的笔触，在画面上表现出潮彩技法运用的层次感与自然感。远处是云雾缭绕，山峦若影若现，近处是瀑布飞流，水流潺潺，那坐着的人是在听鸟鸣，还是在欣赏大自然的美？整幅作品色彩鲜丽、层次分明、格调高雅，山光水色，无不曲尽其态，有"春林远岫云中画，意态萧然物外情"清淡、幽寂的意境，表现了作者对大自然的深厚情感。

她的《枫叶情》，是枫叶之下，瀑布之下，一位美人在水溪的石上盘坐着，她在弹着古琴，高山流水遇知音，琴声瑟瑟诉衷情，一只鸟儿盘旋飞，几片枫叶落衣裙……这就是《枫叶情》的画面。

陈碧香画过直径93厘米的骨瓷大碗，大碗画的是潮州八景，由于碗是上大底小，潮州八景如何布局尤为重要。湘子桥下是韩江，韩江两岸有金山古松、北阁佛灯、鳄渡秋风、龙湫宝塔、韩祠橡木等，整个画面山中有景，景中有情，情景交融。

大碗沿下写着潮州八景的说明，书法与画一脉相承，相得益彰。

印象最深的是她的《春耕灌水》，这瓷板画是运用潮彩技术作为底蕴基础，结合中国画墨运法而创作。画面是良田阡陌，禾苗青青，河边是水车，水车上是三个农夫在踩车灌溉。我在农村种过八年田，当年也踩过这种水车，记忆油然而生。此画栩栩如生，有"抒胸写臆"之感，画中层次分明，远近自如。

陈碧香的画风变了，追求也变了。

这是我对陈碧香的第三印象。

如今她远离城市的喧嚣，把工作室搬到了郊区一个寂静的地方，每天静静地画她的画。有人劝她你这一笔一笔地自己画，难以赚到大钱，还不如贴些花纸，然后画上几笔，来些快钱，但陈碧香不为所动，仍然坚持走自己的路。当年客户定做，她走的是市场之路，后来她要走艺术之路，创作出自己的风格，有个性的作品来。她说，我不会走回头路，我要一直这样创作下去。人不光是为钱而活着，也要为自己的追求与崇尚而活着。

这就是这位高级工艺美术师，广东省非物质文化遗产潮州彩瓷烧制技艺传承人陈碧香的人生格言。

瓷雕艺术

一

老刘是我的同事,如今他早已退休。十九年前,他告诉我,他认识一位刻瓷的手艺人,问我要不要去看一看。

我惊奇地问:"潮州什么时候有刻瓷的?"

因为我知道刻瓷是集绘画、书法、刻镂于一身,集笔、墨、色、刀为一体的传统艺术。潮州有木雕、潮绣、潮彩、手拉壶等,但没有刻瓷这种工艺。那些刻瓷名家,大都是山东淄博的。

我对老刘说,可以去看看他刻得怎么样。

记得是2004年的夏天,我坐着老刘的摩托车来到了离潮州城二十多公里的凤塘镇东龙村。老刘把我带进了一个院子,走进屋内,看到一个四十岁左右的汉子正在刻瓷瓶,老刘指着他说,这就是邱培祥。

邱培祥见有人来,便停下了手中活,忙站了起来迎客。

我看了他刻的那些花瓶和瓷盘,觉得他的刀法在变化运用中还是没有达到"行云如流水"的感觉,也就是说,刀法要讲究一气呵成,做到刀断气不断,形意相连,他刻的还是少了点金石韵味。

他听了我的话,笑着说:"才做了两年,还不娴熟。"然后他带我们看他的字画,他告诉我,自幼酷爱书画,高中毕业后师从岭南派画家黄启芳老师学习国画,由于多年的笔耕墨耘,书画作品获过大奖。

邱培祥的书法天真纵逸,风骨烂漫,学古而不泥古,有明代书法家祝允明的影子。画的线条遒劲浑拙,凝练自然,且酣畅饱满,有海派的味道。书画功底不错,只是刻功还不那么到位,说明他刻的量还不够,在这偏僻乡村,不可能有刻的量。于是我建议邱培祥到市里去发展。

这年的冬天,我接到邱培祥的电话,说他搬到了市区的陶瓷城,在那里有个工作室,请我过去看看。

陶瓷城离我单位几里路,打车过去几分钟,于是我很快去了陶瓷城。邱培祥说,乡村就是乡村,城市就是城市,他把工作室搬到陶瓷城,几乎天天有人拿瓷瓶与壶来刻,尤其是刻壶的人多。

我看到邱培祥的样品架上摆了十几把刻好的壶,壶上刻着:"厚德载物""吉祥如意",有的刻的是一句诗,有的刻着"×××先生惠存"等。

潮州是中国瓷都,搬到这里来艺术氛围好,创作也是要氛围与交流的。再说看作品的人多了,他们要刻就会提出自己的要求,刻什么东西,是挂盘,是花瓶,还是瓷板,用什么样的书画风格,花鸟、山水、人物,可能收藏者都会提出要求。

那时邱培祥一边走市场,刻出市场需求的作品,因为不能饿着肚子搞创作，一边追求艺术的独特个性，创作出自己的代表作，花时间和精力刻一些有收藏价值的作品。

其实邱培祥是"双轨"走路，他要养家糊口，三个孩子在读书，那是必须要挣钱的。但在挣钱的同时，又要有自己的追求，每到夜深人静时，他把心思花在这"追求"上。

多年的打磨，让邱培祥的刻瓷艺术有了质的飞跃。几年后，邱培祥又打电话跟我说："洪老师，我从陶瓷城搬走了，搬到离陶瓷城不远的地方，把老婆、孩子都接了过来。"

当天，我来到了邱培祥的家，一层是他的工作室，二三层住家。在工作室摆放他创作的作品。红釉《十八罗汉》，这是他在红釉器上刻的，我欣赏着，这精雕细琢中，表现出了菩萨庄严而又慈祥的形象，加上实到虚的渐变，人物更具立体感。而十八罗汉形态不同，表情各异，加以白描的表现手法，使人物更加栩栩如生。

《铁骨寒香》，是在"暗纹"瓷板上雕刻出具有写意风格的红梅花。用冲刀法表现了梅干苍老之质感，梅花从外边至花心由深至浅渐化，着色时充分展示了国画风格之笔墨妙韵。枝干虬结疏密有致，用笔老辣，浓淡相宜，点点梅花含苞迎霜。这让我们想起了诗句"宝剑锋从磨砺出，梅花香自苦寒来"。

这些作品让我看到了邱培祥在成长，艺术功力越来越深厚。

二

21世纪初以来，我一直在写犀利的时评，痛批社会的不正之风,痛批一些官员滥用职权,乱作为等。随着时间的推移,当年那些和我一样写时评的人,不少退出了这个"江湖",有的即使在写,也改变了原有的笔锋,在讨好现实。

也就在这个时候,我在壶艺师那里买了一把饱满而又有气势的大壶,拿到邱培祥工作室,让他在这壶上刻上"用笔在心,心正则笔正"这几个字。这是柳公权之语,我要求他要刻出柳公权那种书风,清劲挺拔,遒劲犀利,让人觉得有"颜筋柳骨"来。

邱培祥笑着说,那我就试试看吧。

这么多年来,这把刻有"用笔在心,心正则笔正"的壶,我都摆在家里显眼的地方,每日看到,从而对照自己的言行,有没有"颜筋柳骨"?

邱培祥是以刻而遐迩闻名的。他各种题材都能驾驭得游刃有余,刻壶更是他的看家本领,一把壶拿上手,根据壶形,刻几个字,字用什么体,怎么摆,落款如何落,都是有讲究的,一个细节也不能忽视,所以他刻出来的作品有高古典雅、雄浑深沉之气,有笔墨淋漓、明快洗练之神,有清丽秀健、金声玉振之韵。邱培祥刻山水花鸟时,是那么严谨细微、刀韵娴静;而刻瓷肖像,是那么形象逼真,色彩生动,富有质感,充分地把刻瓷艺术语言和油画艺术语言交会融合在一起,并消化吸收形成了成熟的肖像刻瓷艺术表现形式。难能可贵的是邱培祥的作品具有自己独特的艺术语言。

一个艺术家要想提高作品的艺术品位,归根结底要提高作者的艺术修养,刻瓷艺术是以刻瓷为艺术载体,以绘画为灵魂的艺术。邱培祥深刻明白这一道理,对于不同题材,采取不同的表现形式，其刻瓷作品独具品味，充分地把握了刻瓷这一艺术语言。

其实刻瓷不是简单地刻，刻者必须有很厚的书画功底，才能刻出观之有形，触之有感，既有"金石之韵"，又有"笔墨情趣"，风格迥异，自成一刻，极具魅力的作品。刻瓷要求制作者不仅要有深厚的绘画基础，更要掌握娴熟的镌刻技法。

说到底，刻瓷艺术是刻出来的艺术。众所周知，瓷器硬度高，釉面光滑，既硬又脆，需用坚硬的工具进行雕刻，关键部位一刀失误就会前功尽弃。古往今来，学画者众，刻瓷者寡，所以，历存的刻瓷作品数量也较少。

创作要耐得住寂寞，还要有一种坚韧的毅力，只有在寂静中创作，才能创作出有个性、有灵魂的作品。骨瓷胎薄，且质地温润如玉，在这上面创作是一种挑战。这就要耐得寂寞，慢慢刻，急不得，邱培祥说，在一个骨瓷薄胎瓶子上创作，有的要花上几个月的时间，刻大型的瓷板画要花一年半载的时间才能完成。

邱培祥喜欢在红瓶上刻牡丹，刻出的牡丹是白的，红与白的色彩就形成了强烈的对比。作品从花蕊到花瓣线条刚健而柔美，且层次分明，立体感强，使牡丹花的动态在端庄高贵中显出几分婀娜多姿。

邱培祥创作的《含馥竞芳》，也是骨瓷花瓶，红釉薄胎，以"通景"形色布画于花瓶面上，其中月季花及菊花以虚实渐化的雕刻技法施刻。竹叶却以工笔白描技法雕刻，展现出线条的灵动与柔美；两只"白头翁"鸟儿一动一静，以虚实渐化与线条的结合，呈现出动感和神态。

《八仙神兽庆祥和》也是红釉薄胎骨瓷，薄到了1.5毫米厚，一不小心就会刻穿。在薄胎上创作,犹如走钢丝,"看以寻常最奇崛,成如容易却艰辛"!

刻瓷之难,在于技术的操控之度,也难在艺术语言的转述。刻瓷首先要有书画功底,再次是雕刻技艺的驾轻就熟,两者缺一不可。画画画在宣纸上,创作者胸有丘壑、点画挥染,就可能是一幅佳作;但瓷上刻镂,刚朗铿锵,只能如履薄冰,一丝不苟,稍微不小心,支点偏了,就可能前功尽弃。

有的瓷器本来就昂贵,刻坏了,花时间花心思不说,还得赔人家,红釉器好的一件几千或上万,有的一把壶就几万元。

所以刻瓷艺术必需刀刀精准,铿锵实在间更有赖于拿捏有度。如何能够更好地保留笔意与刀趣,这正是邱培祥一直以来求索的独特技艺。

有人说,品读邱培祥的书作,常能在线条的幻化与跌宕中,感生出东坡式的豪迈,闭目而思,不仅有"乱石穿空,惊涛拍岸,卷起千堆雪"的视觉想象,也有"平生睡足连江雨,尽日舟横擘岸风"的人生感慨。

其实品艺术犹如品工夫茶,需要慢慢去品,才能品出那蕴藏着的韵味和回甘。

百屏灯

老宋叫宋忠勉，这辈子他都在潮绣这条路上行走。穿针引线，妙手成花，在很多人看来，这应是女人的事，可是宋忠勉这个大男人，却比大多女人做得好，他绣的作品那才叫"一枝独秀"。

女人忙于潮绣，大多是为了讨生活，宋忠勉做潮绣，也是为了挣钱过日子，这没有什么不同。不同的是一个大男人做起了女人的针线活，还做得比很多女人好，还做出了名气，成了国家非物质文化遗产项目潮绣代表性的传承人。

老宋做潮绣，人们能理解，为了养家糊口，但老宋做《百屏灯》，不少人觉得奇怪，这是要花大钱投资，却不能挣钱的事，老宋为何要做？难道是为了理想，为了一个心愿？

潮州花灯历史悠久，从记载的史料来看，源于明嘉靖年间，已有400多年的历史。那时是为了迎神游灯，后来才演变为节庆观赏。

潮州花灯集彩扎、彩绘、剪刻于一身，尤其融合了潮州特有的潮剧、潮绣、泥塑等多种艺术元素。乡土特色浓郁，自成体系，别具一格，被称为岭南灯彩艺术的奇葩。

有句话是这样说的,有潮水的地方,就有潮人;有潮人的地方,就有工夫茶。这是事实,但有潮人的地方,并不一定就能看到潮州花灯。喝工夫茶容易,有茶有器可泡,但有线有绣娘,却难以做出潮州花灯,这是因为做潮州花灯太复杂,很难做,要做《百屏灯》就更难。

"活灯看完看纱灯,头屏董卓凤仪亭,貂蝉共伊在戏耍,吕布气到手捶胸……"这就是潮人耳熟能详的歌册《百屏灯》。以前却没有人真正看到过《百屏灯》完整的实物,因为要做《百屏灯》不仅工程大,工艺复杂,是一百台戏剧经典故事,而且每个场景都有变化,情节都不同,那400多个人物的造型、脸谱、服装、道具……又需要多少时间去设计制作。

花钱却没有效益,这是一直以来没有人做出完整实物的真正原因。

做这样的事,仅仅是有技艺还是不够的,有技艺的人比比皆是,为何只有老宋一人做起这《百屏灯》?

制作百屏灯涉及历史知识、文化修养以及艺术的多种门类,如人物造型、脸谱、服装、道具等来自戏曲,其布景、人物肤色又与雕塑、绘画息息相关,处处考验着艺术家的文化底蕴和艺术功力。

更难的是做《百屏灯》是没人买的,是赔本的事,做这种赔本只吆喝到一点名声的事,如今还真的需要一种理想和心愿,更需传承与弘扬传统文化的情怀与奉献精神。

老宋运用自己多年的潮绣技艺,用自己心血凝聚成了这《百屏灯》里的一百个故事,以实物花灯的形式完整地呈现了出来。

融合了潮绣、潮剧、粉塑、泥塑、木雕、木偶、陶瓷、麦秆、剪纸、银饰、玉雕、珠绣等12种潮州非遗元素的《百屏灯》，可以说是潮州非遗文化的集大成之作。

这一百屏花灯是按歌册《百屏灯》故事的顺序来排列的，灯箱内人物栩栩如生，每屏灯长90厘米、宽50厘米、高80厘米，一百个花灯长就是90米，让人惊叹不已。

站在这《百屏灯》前，老宋走了一圈又一圈，一屏一屏地看，"每一屏都风格各异，华贵富丽的《郭子仪拜寿》，优雅清新的《崔莺莺听琴》，气宇轩昂的《杨令婆挂帅》，雪冷琴怨的《王昭君和番》……"

这一屏屏花灯，齐刷刷地闪亮着灯，似乎在对老宋说，我们都感谢你，是你让我们重放光彩。

老宋擦了擦眼睛，眼睛潮湿了。为了这《百屏灯》，500多个日日夜夜，忙个不停，跑图书馆、档案馆查找书籍资料，在民间搜集观看老花灯，请教文化名人，拜访潮剧专家，根据书籍及专家们对人物的描述，包括人物身份、性格等，形成思路并画稿，才开始着手制作，制作后还请专家们来点评，不足的进行修改。

改了多少次，老宋记不清楚。老宋只记得430个历史戏曲人物的喜怒哀乐，善恶美丑，如何才能表现得淋漓尽致？还有场景的楼台亭阁、山水村庄、自然风光……让一屏屏形象生动，栩栩如生。

一屏一个故事，一个场景，一个让你记忆犹新的画面。

那是元宵节，潮州有摆花灯的习俗，老宋的《百屏灯》摆上了城墙，城墙上人来人往，来这里观赏。

老宋站在城墙一角,看着那些来来回回的观赏者,当他听到观赏《百屏灯》的老人正对着身边的人说:"了不起,了不起!从小我就喜欢看花灯,《百屏灯》听说过,从来没看到过,没想到我这个快要埋进土里的人,如今还真的看到了《百屏灯》。这《百屏灯》是给后人留下一笔宝贵的文化财富啊!"

听到老人的话,老宋的心里顿时涌出了一个字:值!

有情与无情

这是一个真实的故事，几个要好的朋友曾对我说，我不敢相信，后来故事主人翁亲自对我讲，我才不敢不信。

他是个艺术家，如今他的一幅作品可卖 20 万元。仅在短短的几年内，他由一个穷光蛋变得很富有，别墅有了，小车有了。

他告诉我，多年前，他做了件令世人不解的举动，遭到了许多人的唾骂，他毅然决然地离开了自己的妻子和孩子，带着另一个女人，在一个山顶搭建了一幢小木房住了下来，且一住就是 7 年，一千多个日日夜夜他们在这木屋里生活，追求着一个梦。

亲戚骂他是个无情物，朋友说他是个石头人。为了一个女人，竟然做出抛妻弃子的举动，在人们看来，这的确不近人情。

不是他为了那个女人，而是这个女人为了他的事业，甘愿跟着受苦受累。其实，那个女人也有一个美满的家庭，同样，她也是弃夫抛子，坚决地要和他走到一起，人们不理解她为什么要这样做？有一个当老板的丈夫，有一个可爱的女儿，有房有车，却要舍弃这些，跟一个穷光蛋，过着与世隔绝般的生活。

他说，那时他很消沉，苦恼极了，不惑之年了，却一事无成，可说是处在人生的最低谷，妻子常常抱怨他，一个男人连家都养不好，还算一个男人吗？那时他想放弃自己的理想，出去打工挣钱，可他奋斗了20多年，积累了20年，或许只要跨过一个坎就能成功，他还是不甘心这样放弃。

那是阳光明媚的日子，他和妻子大吵了一场，愤怒地撕毁了好几幅画，摔烂了自己画的几个花瓶。然后又在纸上愤然地涂鸦着。突然从身后传来了声音："好画！愤怒也能出画家。"他转过头一看，竟是一位女人，女人不算漂亮，但气质不凡。女人和丈夫办了个陶瓷厂，她经常开车在城里转转，看看谁的彩绘画得好，价格却又不贵，她专找一些艺术功力好，一时又没有出名的艺人画陶瓷。

一次偶然的机会，她看到了他画的花瓶，便喜欢上了他的画。于是她主动踏进了他的家门，请他帮她画陶瓷。就这样，一回生，二回熟，三回成了好朋友。更重要的是这个女人的到来，使他不再消沉。但妻子的不理解，仍然使他感到很烦恼，无法静下心来创作。他深知要突破自己，使自己的艺术创作有一个飞跃，就必须潜下心来创作几年。为了摆脱外界的干扰，他决定搬到与外界不接触的山上去住，妻子骂他是不食人间烟火、不近人情的畜生，于是他们分道扬镳了。而那个女人却非常支持他的选择，并愿随他上山，为他磨墨做饭。

他在那座山上整整住了7年，然后带着他的作品走下山，去了广州、北京、上海、西安等地，然后辗转到景德镇。当一位工艺美术大师看到他的作品后，当即请他去画，每幅作品的价位用万元来算时，这个从不流泪的男人却突然间痛哭流泪。

如今，他的生活很幸福，有一个理解他、支持他、爱他的伴侣。过去儿子读书是愁学费，现在他连儿子出国的钱都存好了。虽然和前妻离婚了，但他还是给了她一大笔钱。

对他现在的所作所为，人们的评价不知是有情还是无情？

像诗一样瑰丽的书法

看艾清的书法,犹如一首优美的诗歌,挥洒自如,极富韵律美。

艾清,字墨之,爱墨堂主,出生于我国道教发源地——江西鹰潭市余江,神奇的龙虎山与秀丽的白塔河孕育了他的才情与诗情。二十世纪八九十年代,文学热潮席卷神州大地的时候,艾清还是当地诗坛的佼佼者,这就难怪他的书法给人一种诗的节奏感。

有评论家说,欣赏艾清书法需要情感的投入,就像欣赏古琴高手在弹奏高山流水的韵律一样,时而高亢激扬,时而低缓悠扬,时而万声迸发,时而如断弦之音,戛然而止,此时无声胜有声;字的大小、宽扁、瘦长,笔画的长短、轻重、断续,又让人联想到诗歌朗诵中的长吟、短叹、抑扬顿挫般的节奏,字里行间顿生时空感、律动感和无限的听觉想象。他的书法无处不洋溢着其非凡的才情、诗情、墨情、性情,以人之本性为纸,抒写性灵之书,情至文生,意到笔忘,神到形拙,这就是艾清书法独特的审美意趣与艺术特点。

追寻艾清学习书法的轨迹,皆是正脉一派。楷学欧、颜、赵、魏晋，行书师法王羲之、黄庭坚、苏东坡等，他的书法得王羲之之秀丽，黄庭坚之豪情，结体欹侧多姿，用笔"八面出峰"，变化多端。艾清书法特点是运笔畅达，笔姿奇纵，兴到笔随，率性而书，参差错落，跌宕有致，百态横生，极尽洒脱之天趣；在布局上大胆夸张，有晴空惊雷之声，孤峰拔地之势，万马奔腾之象，激情澎湃，浪击飞舟，浑然天成，可谓人字合一，他书写的苏东坡《赤壁怀古》、三国演义《开篇词》等作品均表现出这些艺术手法。《赤壁怀古》、毛泽东诗词《沁园春·雪》其书法表现形式和诗词内容相融合，形成有机的统一，整幅作品奇肆苍莽，气势磅礴，运笔遒劲豪迈，纵横奇崛，让人叹为观止。

在墨法上，艾清更是以画笔入书，他借鉴中国画的手法，将国画中墨色多变，层次分明的元素糅合到书法创作意境之中，对墨分五色、"锥画沙""屋漏痕"有了新的诠释。在诸多作品中焦、浓、重、淡、清，五色并用并不鲜见。艾清认为在书法中大胆使用提按转折，结体夸张变形，墨色层次多变，浓淡枯润渴跃然纸上，这种黑与白的矛盾统一所产生的"形"具有强烈的艺术效果，引发无限神奇的遐想。书法本于笔成于墨，古人有"不知用笔，安知用墨"之说，说明了用墨在书艺创作中的重要性。书法贵在用笔，韵味贵在用墨，两者有机结合，一幅笔墨淋漓、气势恢宏，形式新颖，墨色对比强烈的作品更能震撼人的心灵。

说到这里那就不得不说艾清的榜书《虎》，他运笔大胆，手法精湛，其作品气势奔放，虎虎生威。"虎啸惊风雨，雄威本无敌"。作品内容与表现手法的有机融合，使整幅作品更加气韵生动，雄浑奇伟，从而上升到又一个高度。而另一幅作品《鹤舞》

更是气势纵横，变化无穷，有一种与众不同的表现手法。欣赏《鹤舞》，让人感觉到一种翩翩起舞的艺术的魅力。

艾清在线条的处理上，也有自身的特色和理解，其作品能给人一种眼前一亮的感觉，他擅于用线的长短、粗细、浓淡、干湿、强弱、直曲、圆方、静动等特点，以线的流动分割空间，以线的变化构架书法的生命。顿挫提按变化莫测，翻折使转，腕动笔随，中锋侧锋并用，方笔圆笔兼施，如椽之笔逆来顺受，纵行横扫，时而如行云流水，舒放自如，时而如湿帚扫地，笔到墨留。丰富的线条运用和笔法、墨法、章法的巧妙处理浑然一体，构成了艾清书法意象的豪迈，形成了一种卓尔不凡，墨趣横生、笔抒性情的艺术风格。他的《一笔走天下》《檐高老树叶有声》等作品就采用这些手法。

在艾清的作品中，其线条的柔美和韧性发挥到了极致。看艾清写书法，是一种美的享受。他的书法创作状态颇为感性。他每天临池不辍，自得其乐，楷、隶、行、草、篆诸体皆临，广泛涉猎，厚积薄发。艾清说，挥毫泼墨时总有一种无名的冲动和兴奋，像战士听到进军的号角声，很快进入一种临战状态。

在师从诸家的基础上，他对行草书情有独钟，颇有领悟。他认为草书最能反映一个书家的心性和情感。为了使这种心性和情感更加表现得淋漓尽致，他在创作过程中，常常需要酝酿一种情绪，情绪来潮立刻挥舞笔杆，墨泼宣纸，雪白的宣纸上散发出浓郁的墨香。有时为了酝酿情绪，多日不苟言笑，进入一种大孤独、大清静、大境界，同时创作时聆听古典音乐、观灯、焚香、在墨中渗酒等方法也可以从听觉和嗅觉上激活体内细胞，使情绪饱满，给书法作品注入独立苍茫的凄美和静穆，往往更能创作出精品和佳作。

艾清妙悟真谛：书法艺术博大精深，仅靠苦练是不够的，必须博古通今，触类旁通。佛教的"禅悟"和"虚空"对他的书法创作影响较大。"禅悟"是空间想象，"虚空"是书法线条中的飞白，不但要对书法本身表象有深刻的认知，更要神会古人的气质和笔意，即所谓书法的"精、气、神"。正如书法前辈启功先生所言："入书时要如老僧坐禅，摒弃一切杂念和喧躁，物我两忘，写出的作品才能如仙风道骨。"

艾清说，书法的最高境界是做人做事的境界。尽管多次在全国大赛中获大奖，但他不事张扬，为人低调，每天浸淫于他的书法创作室，以殉道的精神去作艺术的逍遥游。

正所谓：艾叶作纸任笔走，清水为墨润乾坤。

行走中的韩愈与《读》

十多年前,青年雕塑家陈震创作了雕塑《韩愈》。

寒风嗖嗖,韩愈在行走。雕塑《韩愈》让人感觉到有一种精神的存在,也许这就是韩愈精神吧。

《韩愈》是陈震的又一力作。应该说,人物形象、手的细微刻画是这件作品的精彩之处。坚定的眼神,充满力度的鼻子,给人一种向外迸发的张力,尤其那紧锁的眉头,表现出的是思考、忧虑……

《韩愈》整个人物脸部都有一种"气",而身体就有一种"韵"。韩愈那只握书的手,让人清晰地看到微微浮起的筋脉,那是力度的体现,这种微妙的手部表情,却能产生一种动态感和生命力。在衣纹的处理中,作者在大势的"顺"中求"逆",因为韩愈为潮州所做的事,最后都得到破解,即用"顺"势衣纹来体现。中间碰到的一些挫折,则用"逆"势衣纹来表现,这样一来,衣纹就不是简单的衣服纹路了,而是有了丰富的性格表情。

《韩愈》还有一个特点,那就是节奏感。有人说,一个生命现象所以能够持续不断地存在和发展,就在于它按照各种方式的节奏,有条不紊地进行着生命交换,而这种节奏如被打破,生命也将终结。艺术中节奏性更是无处不在,音乐讲究富有节奏韵律,舞蹈也注意动作的轻、重、缓、急，人物雕塑的塑造要讲究力的节奏分布、转折等等。节奏性是雕塑艺术中必不可少的因素，而陈震在《韩愈》中始终让节奏富有韵律，给人一种美的享受。

生命形式的特征也决定了艺术形式中所要表现的生命性。只是当雕塑对生命形式内容用力的方式来体现时，雕塑的力就具备映射生命的特征。这种力也就是雕塑的生命力源泉所在。

陈震在雕塑《韩愈》时注重强调细节，使每一个局部看起来都有生命的特征。所以说雕塑作品不是局部垒加起来，而是有机联系互相作用的，这和生命有机统一性是统一的。"没有生命就没有艺术，一个雕塑家想要说明快乐、苦痛、某种狂热，如果不首先使自己的人物活起来的话，那是不会感动我们的，因为是一个没有生命的东西……在我们艺术中，生命的幻象是由于好的塑造和运动得到的。"（罗丹《艺术论》）运动使得雕塑从静态的事物转变为虚幻运动的事物，使雕塑充满生命力的感觉。

《韩愈》既强调了造型的运动和变化，又注重了人物内心情感的表现，营造了"动中之美"，使雕塑艺术在造型形式处理和构成方式上发生新的、深刻的变化。

《韩愈》的脚下是"大石头"。"大石头"坚韧、沧桑，陈震说它的运用有两个作用，一是加强韩愈这种纪念碑式人物的特点，给人一种"大人物"的视觉感受；二是暗示当时潮州的荒凉感。作者在塑造人物的同时，将历史的沧桑和悲凉传达得淋漓尽致。

陈震说，雕塑《韩愈》的完成，让他有一种激动的喜悦。半年的付出，终有一个圆满的结果。他告诉我，《韩愈》的创作初衷，源于父亲陈钟鸣的一句话："可以去尝试创作一个韩愈立像，我已经两次做了韩愈像（立于韩文公祠的韩愈半身石雕是其中之一），你也做做看，不要怕，挑战一下父亲。你的性格，还有你对雕塑感的把握都非常适合表现韩愈这种浩然正气，疾恶如仇的性格特点。"

这事虽隔了两三年了，但陈震至今记忆犹新，当他把《韩愈》创作出来后，心存感激之情，因为他的父亲让他学会了不要"怕"，在艺术道路上更加自信。他还说，这件雕塑献给已故的父亲，献给一直在弘扬韩愈文化、学习韩愈精神的潮州人民。以后有可能的话，他还将把该雕塑制作成大型石雕无偿捐赠，立于韩江边上。

陈震的父亲陈钟鸣是潮州这个瓷都最早被评为"中国工艺美术大师"的人，1986年就被授予"国家颇有突出贡献的中青年专家"称号。有句古话说得好——"虎父无犬子"，从小受到父亲艺术熏陶的陈震，20多岁就由雕塑《读》而闻名雕塑界。

《读》是一个坐着的小女孩，小嘴巴张开着，那读的形态活灵活现。

她的身子晒得黝黑发亮，那脸蛋也是黑的，脚板脚丫子是黑的，那是黑泥土的底色。原来是小女孩在田野中玩了回来，不忘读几篇课文。

《读》告诉我们的是从你懂事起，你可能就在读，那时是读童趣，读人之初，后来长大了是在读人生，读命运。

这是《读》带给我们的启示，带给作者陈震的却是国家级金奖，还有33岁那年，他评上了广东省工艺美术大师，应是当时全省最年轻的省级工艺美术大师。

雕塑中的韩愈依然在"行走"，那个女孩仍然在"读"，然而陈震也在持之以恒中阅读，在艺术之路上悄然行走着。

美得诱人

或许就是因我名字中的这个"巧",而多了巧遇、巧缘。那是一个周末,应艺术家吴学贤先生之邀,去欣赏他的作品,我对他的作品提出了自己的艺术见解,尤其对他的作品《远古》产生了浓厚的兴趣。他的结晶釉艺术陶瓷作品,瓷体晶莹剔透,釉色千变万化,形体飘逸俊秀,图形浑然天成,美轮美奂。

吴学贤先生最后拿出一个大碗来给我看,那大碗的自然晶花犹如一棵棵参天大树,我捧着这碗喜不自禁,这不是"一树成林"吗?碗底小,一棵棵树从碗底舒展起来。

看着这"一树成林",我想起了巴金先生在《鸟的天堂》中的描述:"是一棵大树,有着数不清的桠枝,枝上又生根,有许多根一直垂到地上……"再看这碗上的自然图案,胜过巴金先生的描述。原来结晶釉艺术有如此之美,美得诱人,这难道不是巧遇?

"篆尚婉而通,隶欲精而密,草贵流而畅,章务检而便。"(孙过庭《书谱》)书法家盛大林是行、篆、楷、隶、草,样样见功底,或劲健,或朴拙,或飘逸……他的书法作品,大至诗帖,小至尺牍、题跋都具有痛快淋漓、奇纵变幻、雄健清新的特点,快刀利剑的气势。

当然,盛大林的草书也是很棒的,圆厚古拙的用笔为峻拔的点画,形成峻拔中见婉美的风格,有赵孟頫的端雅婉丽,有宋克的纵荡飘逸。比如他写王维的《九月九日忆山东兄弟》、柳永的《八声甘州》等。

盛大林兄自幼爱好书法,诸体皆能,尤以篆书的艺术造诣高,这是我说的,也许是我偏爱大林兄篆书之因。我曾特意请盛大林用篆书写了一幅李鸿章的"大海有真能容之量,明月以不常满为心",右边还用草书了此句名言,左边是题跋。作品用笔挥洒自如,富于变化,笔意也丰富,收笔或藏或露,且结体偏长,美得诱人。

在《林子大了》也以篆书最多,整书 89 幅作品,篆书占了 36 幅,比如书杨慎的《临江仙》、李清照的《一剪梅》、刘禹锡的《秋词》《陋室铭》等作品,有浑厚朴茂之气,在该书中的所有篆书中我最喜欢"不忘初心,方得始终",气势磅礴,潇洒自如,有清代邓石的婀娜多姿之风,而大林的草书题跋就使作品更加丰富多彩,分外优雅。"不忘初心,方得始终。一个人只有一直怀揣初始的追求及信念,才能完成梦想获得圆满。"这或许也是大林的心声,因为他始终不忘写书法的初心,不管写评论、写杂文,做电视节目嘉宾,抑或是成了网络"意见领袖",但他依然沉得下心来练书法,一直坚持着这个"初心",这是难能可贵的。大林低调、谦虚,有顺其自然之心,不追求头衔,只追求快乐中的意境。

翻阅这本书法作品集,与流行的"当代书风"相比,大林的书法比较传统，但书卷之气却非常浓郁。我想，大林的学养以及阅历，这些字外的功夫，应是他书法水平飙进突飞的重要因素。他的作品中在知旧中创新。记得人民日报文艺部主任梁永琳之前说过，文化创新一个重要的前提就是"知旧"，唯有知旧，充分理解传统文化之后分清经典作品的优劣，才能明白何处是当代人可以有所作为的地方。他还说："若希望在书法上有所突破，却不懂秦篆汉隶，不解二王书法，如何起笔，心中茫然，如何入纸，似懂非懂。不解调锋，遑论中锋用笔？论及一波三折，逆水行舟，更是云里雾里。至于为什么书写时要藏头护尾，逆入平出，为什么欲下还上，欲右还左；欲左先右……"看了大林的书法集，就会知道大林兄的知旧与创新，知道他的天赋与优势来自哪里，对《林子大了》才会有更深的理解。

我喜欢品茶养壶，自撰一联"养壶养幸福，品茶品人生"，请大林书写。当快递邮来这副对联时，我迫不及待地打开欣赏，是用行书写的，温润遒媚，端庄秀美，看着这行云如流水的作品，我想，待到我的"林子大了"，就把这副对联挂在自己的书吧里，点燃一支沉香，放着乡村音乐，看书、品茶、养壶……这也美得诱人，朋友，你是不是很想来？

童趣

每个人都有自己的童年，童年的趣事永远停驻在那片天真的岁月里。看《维潮童趣》，那一个个栩栩如生的瓷塑又把我带回了童年，那《看花灯》《过家家》《顶牛》《骑牛牧童》《捉蟋蟀》……这些似乎是在叙述我们的童年，再现童年生活的情趣。这些童趣的瓷塑让我再次感受到童年的欢乐和愉快，以及天真无邪和无忧无虑。

每个人的童年时光都值得珍惜，或许这些童趣作品是作者要阐述的童年时光，以至唤起自己美好的记忆，要不作者也不会有瓷塑《儿时的回忆》这些登上最高艺术殿堂（中国美术馆收藏）的好作品。作者在这本集子中说，做雕塑、捏瓷塑、玩涂安仔，先是爱好，后成为职业，一捏就是40多年，终日劳作，泥火不断。从天真的少年开始玩泥巴，却玩到了戴老花眼镜了。这让我再次想起了诗人肖草的《童趣》："日悬苍山薄云飞，莺歌晚霞灯火晖；童趣景园不为春，惟图鱼虾水中追。"

"元宵夜，看花灯，街路顶，小巷边，家家门楼灯笼点。挂龙灯，挂鱼灯，盏盏都是吉祥灯。贺吉祥，祈求来年家添丁。出财丁，万事兴，幸福生活满人间。"这是儿歌《看花灯》，据作者说,用潮语说不仅朗朗上口,还特有情趣。《看花灯》是姐背阿弟,阿弟提着小花灯,他们到街上看别人游灯,别人是自己的风景。那姐弟俩又是谁的风景?

"呀,呀,呀呀;着,着,提着;这群小淘气正在耍游戏,老鹰追,他走左,我走右,左左右……"这是《老鹰捉小鸡》,读着儿歌,看着瓷塑和画,自然而然地想到自己的童年。老鹰捉小鸡是儿时玩得最多的游戏,那个叉开双手,阻止老鹰抓后面的"小鸡"的孩童,似乎就是童年的我,记得每次玩这种游戏,伙伴们要不推举我为老鹰,要不就要我当领头。

《维潮童趣》很有特色,每个瓷塑下面都配发了一首儿歌,左页为瓷塑与儿歌,右页为国画,但却是同一题材,这样的作品集,我还是第一次看。艺术是相通的,在这里可以说,如鱼得水,水乳交融。画注重写生,形神兼备,着意刻画人物的内心世界。他用笔娴熟凝重,气势飞动,骨力劲健,设色简净,自然而生动。正如作家曾湻所说,吴维潮的童趣小品也是他的风格和特色。以笔、以墨、以水、以纸、以情,从从容容,轻轻松松,自自在在,清清爽爽,一章一法,构成了吴维潮的艺术世界。不过我还要补充说,以泥、以火,在灵感中,在艺术中,吴维潮构成了泥与火的共舞,让儿时的故事一个接一个,最后收获的却是一尊又一尊让人爱不释手的童趣瓷塑。

《维潮童趣》的作者是我们熟悉的艺术家吴维潮,他是中国陶瓷艺术大师、广东省工艺美术一级大师、潮州市美术家协会主席。《维潮童趣》把孩子的天真烂漫、纯洁无瑕展现得淋漓尽致。吴维潮的作品很有生活味。艺术来源于生活,生活是艺术的本质,脱离生活的艺术创作是没有价值的,只有源于生活的艺术作品才能流传久远。

歌德说:"孩子是可以敬服的,他常常想到星月以上的境界,想到地面下的情形,想到花卉的用处,想到昆虫的语言;他想飞上天空,他想潜入蚁穴……"这表明儿童的想象具有特殊的夸大性,喜欢夸大事物的某些特征或情节,从而产生丰富奇异的想象。但如果你看了《维潮童趣》,你会说,戴老花镜的爷爷级人物,只要童心未泯,同样会如此。

已当上爷爷的吴维潮,不就是这样吗?正因为童心未泯,他才创作出如此之多的童趣瓷塑与国画。

会玩的人

一个真正会玩的人，往往是一个有理想，有追求的人。真正会玩的人，会把自己的爱好玩得炉火纯青，把自己玩成了学者或专家。

我有不少这样会玩的好朋友，比如上海的蔡梓源，因为喜欢玩画，买画卖画，成立了上海桑浦美术馆，如今他是在研究画，编写了十多部画的著作，是鉴赏书画的专家。

我能和他们成为好朋友，是有相同的爱好，因为都是玩家。我喜欢玩壶，写出了《诗与壶》《中国手拉坯朱泥壶第一人章燕明》《广东艺道》等著作，也就是这种玩，也能玩出精神境界来。

其实这种玩并不容易，这个我深有体会，不仅要阅读大量的书，观赏大量的艺术品，而且要视野开阔，有丰富的实战经验，否则就难以一直玩下去。就像池里的水，被放干了，就玩不下去了，只有活水，这边水流出，那边水流进，才能不断地继续玩。

在这方面蔡梓源玩得津津乐道，玩得风生水起，30多年来，一直在玩，他玩得很专业，也很专一，只玩书画，当然，玩书画本身就是他的优势。

那是20世纪90年代，蔡梓源从家乡潮州到上海求学，学的是美术专业。在这期间，他给识了同为潮州老乡的上海戏剧学院教授苏石风，就跟着苏石风学画画。苏石风毕业于上海美专，同程十发是同学，又与当时艺术界的刘海粟、唐云、黄永玉、吴作人等都有交往。而这时苏石风年过80，蔡梓源就在帮苏石风整理他与艺术家往来的画作，使得蔡梓源了解到艺术品市场的一些信息，也就是从这个时候起，蔡梓源玩起了投资收藏艺术品。

他说，玩画要有财力、眼力，还要有魄力，下手要快要准。

那是1998年，他刚大学毕业，却已是拍卖行的常客，一次他坐在拍卖行看拍卖陈文希的《竹雀图》6尺整纸，有些旧，起拍是100元，700元被人拍走。回来他查资料，原来陈文希就是新加坡那个画猴的国宝大家，他觉得这是个商机，因为新加坡有许多潮州人。于是打听是谁拍走了这幅《竹雀图》，原来是拍卖行经理自己买走了。蔡梓源找到这位经理要求买这幅画，经理感到很诧异，你不是参加了拍卖吗？当时你用700元就可以拍到，怎么要多花300元从我这里买？要知道那时的300元是我们近一个月的工资。

蔡梓源告诉他："我是潮州人。"经理立刻明白了，潮州人在新加坡有很多富人，这小伙子不简单，一定是找到买家。

其实这个时候并没有找到买家，但蔡梓源相信这《竹雀图》肯定有赚。后来汕头翰墨书画社的魏老师说帮他装裱后拿到新加坡去卖，卖了1万新加坡币，相当于32000元人民币。

从这个时候起，他懂得了乡贤的收藏，用空间换空间，空间不同作品价值不同。

这是他的第一桶金，除了给魏老师两成后，他赚了二万多元,也就是说这幅画的价格翻了30多倍。

陆小曼的画早年并不抢手,蔡梓源在朋友那里花5000元买了一幅她的《黄山》,多年后他在拍卖会拍出了25万元,他说这就是乡贤的收藏,当地人以有这样的乡贤为傲,他们舍得花价钱去买。

买进卖出,又买进又卖出,这也就是蔡梓源的一种玩法。刘旦宅是上海画人物的四大家之一,记忆中我们看过他的连环画《红楼梦》,所以说到刘旦宅的这连环画,那个看连环画成长时代的人,都应该知道。蔡梓源当然也知道,他在2008年花24万买了刘旦宅的《二湘图》,2010年卖了70多万元,2011年又用50万买了回来,2012年又卖100万元。他说,这与经济的发展有关,经济发展,手中有钱了,画涨价,经济不好,画降价,这就要看你的玩法,看你沉得住气还是沉不住气。

画画、藏画、卖画应是蔡梓源的职业,但要把职业玩成爱好,并乐此不疲,这种玩才是高境界的玩,因为能在玩中寻找到无穷的乐趣,有了乐趣才不会审美疲劳,才会乐此不疲地一直玩下去。

很多人厌倦自己的职业,根源还是没有在自己的职业中寻找到乐趣,不能把职业当自己的爱好来经营。

蔡梓源是把自己的职业玩到了乐在其中的境界,所以他始终在玩中乐。

他玩的名人字画太多,玩张大千、齐白石、徐悲鸿、刘海粟……不过在我看来,玩这些名人字画,只要有鉴赏能力,有足够资金的人都能玩。

其实这不是真正的"玩家",只能说他是藏家或者说是商家。

他曾把名家扇形的字画归类在一起,这也不算真正的"玩家",因为有足够的时间和资金,不少人都可以做到。

真正的玩家是他人没有玩过,而我能玩,还能玩出个性,这叫唯我独有,这种玩法,才是真正的"玩家"。

比如他把刘海粟、林风眠、关良、李可染、陈佩秋、黄胄、陈逸飞等名画家的瓷盘收藏在一起,这些瓷盘都是独一无二的,有的是画给朋友的,有的是画给自己的。

比如林风眠画的"仕女"就很有趣,画家在瓷盘中画出了另一种风格,自然、单纯,犹如一泓山泉,清澈见底,流动着永恒的美妙。

这是林风眠画后送予画家唐云的,唐云怕朋友拿走,就在盘子底部题款"老药自用",还画竹雀图。

名家合璧,那是更有趣的事。当你看到那树枝上的雀,似乎在对你说:"这是主人专用的,请不要拿走!"这是多么有情趣。

他说,这些作品都是非卖品,皆书画家文人间的互赠品,极难求得。由于有水滴石穿之功,终使藏者割爱。

蔡梓源说,《双鹭》也是林风眠画的小盘子,2003年被人16000元拍走,后来藏家出价10万元,蔡梓源思考再三,还是花十万元买入,盘子虽小,但这却是有故事的盘子。

蔡梓源通过各种途径收藏名家瓷盘,如今收藏了80多个盘子,每个盘子都有轶事。

蔡梓源收藏程十发的作品有上百幅,这是因为苏石风与程十发同学,他结识程十发比较早。

蔡梓源讲过程十发是怎么玩画的故事。那是1944年，程十发在上海美专念书，他给同学画了半面扇面，说留下的一半等30年以后再画。到1971年"文革"当中，那位同学拿着画了一面的扇面又来找他，他又给人家画了一半，还开玩笑说，待30年以后再画一半。又过了30年他已经过世了，所以还留白一半。

这就是一位画家的玩法，玩出的是时空，是人生的留白。

难怪蔡梓源要感慨了："看着扇面上留白的这一半，我也会时常联想到自己的心态，自己的收藏也要留一个空白，留待无限的可能性给未来。"

蔡梓源于是收藏了这把成扇，他收成扇不少，有梅兰芳玩的折扇，有民国元老钱化佛把玩的成扇等，但他最喜的却是这把程十发玩的"留白扇"，这不仅仅是因为扇面上的画是程十发最早画的，还因这扇有故事，有穿越时空感。

上海一直是中国文化氛围较为浓郁的城市，不止公立美术馆、博物馆林立，亦有不少私人美术馆近年来相继落成。2014年1月5日，蔡梓源的"桑浦美术馆"开馆。桑浦美术馆位于上海商业中心静安区，秉承蔡梓源一贯的收藏审美，以传统海派书画艺术为主线，辐射全国，兼备南北名家，以高品位、精品力作、专业学术研究为定位，致力于中国近现代书画鉴赏、收藏与研究。

建立美术馆是蔡梓源的一个梦想，但这个梦想，在这一年终于实现了。

在国际大都市上海，建这样一个美术馆，是需要财力加持的。因为美术馆的运营费用很高的，但有了美术馆就可做"海上扬芬"的事，除了展览、交流、交易，还可以重点推出以海派前期前辈的作品，精做个人作品展览，如吴昌硕、王一亭、吴子深、张大千、程十发等画家的专题展览，也就是说，从广做到了专。

"数十年间，渐次孜孜以求，遂有今日之藏。日夕摩挲，观之不足，自得其乐而乐在其中。然独乐乐不及众乐乐，故出书、在上海繁华之地建桑浦美术馆，以画会友，以友之乐而乐。"这是蔡梓源说的。

这是一个真正玩家的心得体会。玩出了自我，玩出了世界只有我独有的艺术藏品，并把自乐乐，分享众人乐。

人生之石上的诗意

"端溪古砚天下奇,紫花夜半吐虹霓。"这是宋朝著名诗人张九成的诗。从古至今,文人墨客都希望自己拥有一方好的端砚。端砚是古端州端溪一带产的砚石,始于唐朝武德年间,已逾1300多年,其石质柔润、发墨不滞、三日不涸,被尊为中国四大名砚之首。

张庆明是肇庆人,肇庆古代叫端州。张庆明做端砚四十年,他的端砚,是砚中有画,砚中有诗。

2024年2月13日,广州日报做了一期《广东"龙元素"纷纷"出圈"》,介绍了张庆明的《真龙天子》贺岁砚。龙是中国图腾,张庆明在春节前夕,完成了这方作品。

这方端砚材质为梅花坑,有石眼、翡翠、彩带纹、胭脂红等特色石品。

砚面的图案主要以浮雕手法刻成,整个画面气势恢宏,唯美生动,让人沉醉。上方的中间是一枚硕大的隋圆型石眼,寓意"苍天在上",石眼的下面是翻腾在云雾中遨游的巨龙,砚的左下方是"贞观之治"的开创者唐太宗李世民。李世民的周围是祥云、松树和高山,不远处是一湖清澈之水……

张庆明大师刻的造型不同于"春蚕吐丝",而是那样坚实挺拔,画面完整,线条遒劲多变化,人物性格和心理活动是刻画得那么鲜明生动。

砚的右下方,是一枚阳文的印章篆刻"真龙天子",背面镌刻有李世民百字箴言,以小楷书法雕入,印章为"龙马精神",与正面的"真龙天子"相呼应。

张庆明大师将书艺融于砚艺中,令铁画银钩、龙蛇游走般的书法与细腻、润泽的砚石相得益彰,其艺术风格独树一帜。

从他的《三希堂》到《平安帖砚》,从《高宗皇帝御笔砚》到《怀素书法砚》,从《赵孟頫题快雪时晴帖砚》到《七星岩摩崖石刻姐妹砚》……无不体现了一个"书"字,也体现了张庆明大师精深的书法艺术修养。

我与张庆明大师相识为2015年,当年广东省扶持文化走出去专项资金支持项目《地道广东》丛书中的《广东艺道》,主要是由我来写。这本书把广东有特色的传统工艺都写进了这本书,比如木雕、手拉坯朱泥壶、潮绣、石湾陶艺、大吴泥塑、端砚等。

记得是在肇庆市作协主席钟道宇引见下,我们来到了张庆明大师的工作室。在采访之前,我不仅查找了张庆明大师的有关资料,而且对他的作品进行了研究,也做足了功课,才去采访张庆明大师的。

我问张庆明大师的主要代表作是那些作品,他介绍时竟然不是《中国花窗艺术砚》,而是带有政治色彩的另一套作品,于是我们展开了讨论。

我认为《中国花窗艺术砚》是他最重要的代表作,这是因为他从苏州、杭州、南京、绍兴等地观赏古民居，拍下几千多张花窗图片，从中挑出几十张，再精选10张不同形式的花窗雕出墨堂来。

用不同形式的花窗为墨堂，我认为是一种创新，更重要的是有中国传统文化的元素。他听完我的叙述，最终赞同了我的观点。

张庆明对《中国花窗艺术砚》创作，是用传统的元素来颠覆传统端砚创作，使人耳目一新。我们看得最多的砚墨堂是圆型的，用10种不同的花窗雕成墨堂还没有见过。

这套作品体现出张庆明的精心设计与创作水平，在这套10个不同形式的花窗墨堂之上或周围的书法各异，同一砚中都有两种以上的字体，楷、草、行、隶、篆，根据砚台留下的空间和构图合理地刻上书法，让每一件作品都有一种艺术感，且10件摆在一起，显得形式多样，又各具风格。

这是一件汉瓦型的，篆书为底，草书点睛，几下点缀，便将砚台的古韵凸现，而江南花式窗花墨堂，与书法交融，就更加显出浓郁的文化味来。

而另一件作品，张庆明用书画的构图打破平衡带来美感的技法，一竖一横、一凸一凹、一大一小的手法，用书法横贯墨堂，强烈的对比美使得整方作品充满张力与文气。有的篆隶双美，沉着雄厚；有的下笔千钧，纵横开张；有的用笔老辣，大气淋漓……总之，从这10件作品中可以看出张庆明的书法造诣，更能看出作品的艺术价值。

他的书法结构端庄凝重，笔墨雄浑酣畅，笔法灵动沉着，在他的书法中可以看到董其昌的秀丽雅逸，俊骨逸韵；也可欣赏到王铎的笔势豪猛，灵宕生姿；还能看到郑燮的纵横捭阖；也能欣赏到李叔同的骨气沉稳，潇洒自如……

石刻的娴熟是端砚艺术的基本功，而精通书、画、印、诗，并能融入端砚创作之中，才是一个真正的端砚艺术家。

有了这些艺术功底还不够，还要有人文素质，有开拓进取的精神。《三希堂》是一方最能体现张庆明书法与端砚雕刻完美融合的代表作之一。为了创作这作品，他先后两次专程到北京故宫博物院观摩实物，潜心研究，对着临摹，一撇一捺、一印一字，无不力求形神俱到。

张庆明以三颗端溪坑仔岩石眼取意，巧渭"三希"，既在形式上起到天工之巧，也在内容上点出了主题，以此辅开构图镌刻名帖，使一方平淡规整的砚石充满了生命力和文化品位。布局巧妙，有张弛，又有疏密的对立统一关系，砚的左右侧用大小不同字形将王羲之的《快雪时晴帖》、王献之的《中秋帖》、王珣的《伯远帖》逼真地再现，上下两边则分别以凹、凸字镌乾隆皇帝的"三希堂"及"至宝"御题书法，达到了上下平衡，左右协调的完美构图。

传统的走水池墨堂有机地联系各名帖之间的关系：在雕刻技法上，该砚字中有印，印中有字。众所周知，书法作品是写后落印，虽常有作品把印落在字上，但把这样的作品刻在端砚上就不是一般镌刻师能做刻的。这种错落有致的穿插安排，没有高超的雕刻技艺和书法功底及构图能力，谈何容易。

该砚背面是乾隆的书法，侧面是"怀抱观古今深心记豪素"，中间墨堂、四方走水延续了传统古老工艺。

纵观《三希堂》，刻字运用了多种技法，有圆底、单双斜底、凹雕平底、凸字凹平底、阴阳交接凹凸法等，既忠于原作之"形"，亦不失原作之"韵"，从设计构图到题材表现都充满了文化气息，古色古香。作品石美、帖美、构图美，有着深厚文化内涵，让人叹为观止。

宋代诗人曾巩有诗："心知万事难刻画，惟有醉眠知不忝。"在砚台上刻画，也是端砚艺术家的一项重要基本功。张庆明每天都要抽出一定的时间来创作书画，早年他是不断地临摹古代名画作品。他喜欢扬州八怪的画风，比如李鱓的作品设色清雅，任情挥洒，形成"水墨融成奇趣"的艺术特色。

张庆明大师告诉我，早年他尤其喜欢临摹金农的画，他说金农学问渊博，修养高深，诗书画印风格高古。他的笔墨拙厚淳朴，布局构图别出心裁，一个端砚艺术家要有金农的涵养，哪有不成大师的。

在我家的客厅里挂着一幅书法家盛大林的小篆，写着王冕的《墨梅》。记得张庆明大师也创作过《墨梅图》，他把王冕的这首诗刻在砚台上，托物言志，融诗入画。墨梅历来为文人所尚，追求"以素净为贵"的境界和清高自守的情操。

"吾家洗砚池头树，个个花开淡墨痕，不要人夸好颜色，只留清气满乾坤。"王冕画梅，浓淡相宜，自然生动。《墨梅图》梅花横伸一枝，浓墨勾勒，隽挺劲；花蕊墨色清淡，花枝烂漫。如何在砚石上创作得更加潇洒奔放，自然清逸，张庆明大师有自己的构想，有着不一样的神韵与妙趣。

其实艺术家的创作有时灵感来自于生活。张庆明说,有一位行家有一块好石料,可中间刚好有个洞,想不出创作什么。构图不好,就可能浪费了一块好梅花坑砚台,于是他送给张庆明大师,可张庆明大师苦思冥想了几天,也不知道该创作什么好,就一直搁在仓库里。有一年夏天刮起了大台风,还下着倾盆大雨,他看到果园的芒果掉了一地,却触发了他创作的灵感。他根据那块砚台的形状画了一张草图,然后雕了起来,荔枝、香蕉、菠萝、昆虫、小鸟、小鸡,而那个黄色的洞就成了熟了大芒果,黄色的芒果有片大叶子衬托,这真是巧夺天工,整个画面立体感特强,酣畅饱满,古朴自来。

这个叫《岭南果实》的作品,融进了海派大师吴昌硕的画风。

《果熟溢香砚》同样是利用石形石品来创作的一件成功之作,张庆明巧妙地运用了翡翠带和石眼,使得作品自然生动,色彩夺目。画面是层层叠集的树叶、纠结的藤蔓、成熟的果实,一只甲虫攀爬其上。整个作品显得清妙多姿,趣味盎然。

张庆明创作了许多花鸟、瓜果、山水等作品。总之,他的作品体现了这个时代的审美情趣,让人领略到端州艺术砚的风采。

艺术家如果是个诗人,就会有诗情画意,有了诗情画意才能创作出更优秀的作品。不少艺术家只埋头苦干,缺失的就是诗情画意。其实端砚艺作的创作,要创作出优秀作品来,就要把画融入砚,更要让诗入砚,融诗画入砚是端砚艺术创作的最高意境。诗画相融入砚台,是将融情于景的格调再次升华。

看张庆明的山水类砚作品,清新幽远,朴厚灵动,且意境深远，还有一种"韵"。这种"韵"，来自于他受到古代名画的熏陶感染，来自于诗词歌赋给他带来的诗意影响，也来自于他多年来在寂静孤独中对诗画的领悟与探讨。

比如他的《寒梅影月砚》，利用整片金黄石皮，凹雕王冕之《寒梅图》，都是让诗画入砚。

《鼎湖山泉砚》《壶口瀑布砚》《赤壁怀古砚》……这些作品充满着诗意的韵味，饱含着诗意的意境，蕴藏着诗意的情感及带有诗意的山水灵魂。用心感受这些作品，不仅让你感觉到心旷神怡的诗意山水，似乎还听到泉水叮咚，嗅到花草馨香，聆听到苏东坡的"大江东去，浪淘尽，千古风流人物……"在崇山峻岭中回响。

笔者曾用"书、画、印、诗、情"五个方面来叙述张庆明的艺术人生。在我看来，真正优秀的端砚雕刻艺术，是集文学、历史、书画、雕刻、篆刻于一体，尤其是"文人砚"更是如此。

由于张庆明的作品高雅，艺术价值高，他创作的《名园秋月》《渔跃欢歌》定为"国礼"，送给外国政要。

张庆明是中国工艺美术大师，他用刀刻着一方方砚台，他那留在砚石上的刻痕，却是留在人生之石上的光彩与诗意。

结晶釉彩画的开创者

在动笔写吴渭阳之前,我是慎重的,因为结晶釉彩画是个新生事物,所以需要进一步了解。这就要考究吴渭阳的结晶釉彩画的艺术价值,包括他的艺术造诣;还要考证结晶釉彩画,吴渭阳是不是创始人?这些都要有足够事实要证明,我才能写他。

在写他几个月之前,我查阅了大量结晶釉的资料,咨询了多位专家,知道结晶釉彩画是这个世纪来开创的一种新工艺。

之前,我也和很多人一样,不知道结晶釉彩画是怎么一回事,其实这并不奇怪,因为没有接触过,甚至连听也没听说过。

结晶釉有千年历史,从宋朝开始就有,但结晶釉彩画还是这个世纪开创的,也就发明了十几年。吴渭阳大师就是结晶釉彩画的开创者,为此他先后取得了3个国家发明专利。

一位研究结晶釉三十年的专家对我说,这是一项独创的新工艺,这项新工艺不仅要对结晶釉技艺娴熟,而且还要有深厚的书画功底,每一幅作品都是传统工艺结晶釉与中国画的最佳融合。

具体地说,就是将人工绘画艺术与燃烧中自然形成的结晶相互融合起来,达到产生新的瓷面画感,新的艺术表现形式,产生光影变化,形成多维空间的视觉艺术。

结晶釉彩画面不仅难在配方，更难的是如何施彩。结晶釉彩画属釉下彩，就是要在结晶釉面下着彩，即釉下彩绘。懂得这项工艺的人都知道，在结晶釉的釉面下施以彩绘并不难，难的是施彩之后的烧成结果，其变化是难以预知的。

结晶釉的流动性大，太多影响结晶爆花，太少又难以出好的效果，这就要在创作中如何把握一个度。因为在结晶釉下绘画，并不是画上什么就是什么，画完后施结晶釉，烧制的过程中是会变化的。

吴渭阳说，这其中首先要考虑的是在晶体的、有光影效果的釉面下，如何使彩绘的图案要不变形，还要能够与结晶体釉面相映成趣，形成独特的画，吴渭阳是反复试验，失败了多少次，他记不清了，消耗了了多少时间，他是清清楚楚的，这试验折腾了他一千多个日日夜夜。

结晶釉下的彩绘，如何施彩、施绘，这是烧制结晶釉彩画最关键的技术，没有处理好就全功尽弃，因为釉下彩绘在结晶釉面下会一片模糊，没有图画可言，没有图画也就没有艺术可言。要利用釉面的结晶来表达画面的美，你就必要能预想到在结晶釉经过高温烧成后，会产生什么变化，可能变成什么样子。否则，又怎样烧出你想要的艺术之美。

结晶釉下彩绘与普通釉下彩绘有着很大的区别，传统的彩绘所用到的颜料绝大多数在结晶釉瓷画上使用不了，因为烧制结晶釉是在1300多度的高温环境下，颜料在这样的温度点和结晶釉会产生化学反应，所以结晶釉瓷画使用的彩绘颜料需是原矿料，特别制作而成，要耐高温，成色自然。

吴渭阳是中国工艺美术大师、正高级工艺师、还被全国轻工业联合会授予"大国工匠"荣誉称号。

南方日报曾报道说，吴渭阳潜心研究陶瓷颜料应用和窑烧技术，并注重创新，善于运用新材料、新技术，在全国首创"结晶釉彩画"，探索出了一条传统国画艺术与结晶釉技艺奇妙融合创新之路。

难怪广州美术学院教授张海文会说：吴渭阳的发明陶瓷表层装饰是当今第一代结晶釉彩画，是科学与艺术的有机结合，是一种全新的技艺语境。中国陶瓷艺术终身成就奖、清华大学美术学院教授张守智先生曾说过，吴渭阳的结晶釉画堪称世界陶瓷艺术一绝，"浓润的釉质布满朵朵晶花，随着光线的转移发出耀眼的光芒，天然淳朴，高雅素净……"

那是四个多月前，我来到了吴渭阳大师的艺术展厅，看到了1300多度的高温下，一幅幅绽放多样的"结晶花"作品，那结晶花是银龙鱼的鳞片、是北国风光中的飘雪、是人物画中的祥云……

《寒山清泉》《瑞雪迎春》《凌高极目》《芙蓉国里尽朝辉》《山外青山《冰天雪地》《自由自在乐逍遥》……这一幅幅作品会让你感到新奇与震撼。

那犹如在大海中游动的银龙鱼，在灯光下变得更加奇妙，鱼似乎更加活跃了起来，在炫耀它那一片片鱼鳞的风采之光。

这是吴渭阳的《自由自在乐逍遥》，这条鱼的鱼鳞是银蓝色的结晶，经过火的锤炼，凝成的一片片鱼鳞是那么栩栩如生。

这一片片鱼鳞是如何彩绘上去的？这需大胆发挥想象，需要寻找结晶釉与绘画巧妙融合的方法。

吴渭阳对我说，"温度的控制，是决定结晶釉能否成功'开花'的关键。"要先以慢火烘烤迅速升温，再极速降温后长效保温，最后再自然冷却，整个过程复杂且难度极大，结晶釉的形状和颜色都十分难以把握。

当看到《雪花飞舞》《山外青山》，懂画的人都会想到中国画的"泼墨"。近年来，吴渭阳大师在创作"结晶泼彩画"，在瓷板上用结晶釉彩大胆"泼色"，令山水画更富层次感。

《雪花飞舞》的名是我改的，原名是《雾气幽谷》，画面是神秘而幽静的山谷的画面，那晶花的错落排列使整个画面充满了动感和层次感，这难道不像铺天盖地的雪花在飞舞？抽象天成的晶花纹理总能给人一种梦幻般的视觉。

整幅画作色彩斑斓、瑰丽多彩，别具奇趣，展现了作品独特的艺术风格。

《山外青山》以其独特的结晶釉彩技法和精湛的山水画技巧，展现了山水的美丽和神秘，这难道不是大自然的壮丽和结晶釉彩画技艺的鬼斧神工？

这是一幅运用结晶釉彩技法描绘山水的艺术作品，结晶釉彩的装饰与形成的晶体质感肌理，使得画面更加生动而丰富多彩：远处山峦起伏、云雾缭绕，近处流水潺潺、山峰、树木……充溢着景物间的那种清新、活泼的生气，烂漫的情调，这结晶釉彩技法赋予的画面，独特而又有质感，加上那栩栩如生与光泽生辉的艺术效果，更加增添了作品的独特魅力与艺术价值。

"胸中山水奇天下"，《江山如此多娇》是一幅以江山山水为主题的瓷画作品，用结晶釉的机理和陶瓷颜料结合经高温烧成产生了自然的纹理变幻莫测和独特的光影效果。

画面中，可以看到雄伟的山脉宛如一条巨龙般跃动在大地之上，山脉之间，河水潺潺流淌，犹如银河倒挂在天空中。在山脚之中的青松郁郁葱葱，画面呈现出一种雄浑壮丽，神秘而浪漫的气氛。

这让我想起了文人画大师潘天寿的《江山如此多娇》，此作继承了大青山绿水的传统，但以生宣代替娟素，以写意的手法代替古人的工细双钩，空勾无皴，加以敷色，开创了一种写意青山绿新样式。他的变体画让人耳目一新。

时代的变化，观念也会随之而变，艺术就需要创新，所以意境会变，形式，语言符号，笔墨都在变。

吴渭阳的变，是如何在瓷板画上，通过结晶釉的变，用其独特的技法和精美的构图，来展现出中国山水画的韵味和新奇的形式美感。结晶釉彩画，层次感、立体感更强，这也是这种新工艺的独特性。

变是结晶釉彩画的艺术之魂。

石涛是明末清初著名画家，也是中国绘画史上一位重要人物，他是一位革新者，他的画用笔纵肆，墨法淋漓，格法多变。而结晶釉彩画运用石涛的墨法创作，展现的艺术效果也就不一样。

吴渭阳在《芙蓉国里尽朝辉》创作中，就运用了石涛的绘画技法，通过峰峦、树石、空间虚实的构图，展现出山峦的层次感和高低起伏的变化，同时加上烟云的缭绕，更增添了一份神秘感。石涛的两句妙语"墨海中定精神"和"混沌里放光芒"也体现在这幅画作中。

《芙蓉国里尽朝辉》里细腻的结晶釉彩，表现出春天的明媚和光彩夺目的景象。那层层山峦、峭壁险峻、云海缭绕、山林尽染，还有奔流的江水、迷蒙的江岸、错落的幢幢房舍……整个画面大气磅礴，变幻莫测，精美绝伦，令人惊叹。

看了吴渭阳的结晶釉彩画，视觉感觉是那么奇妙，会产生虚渺与光幻的效果，这种釉面晶光与斑斓的肌理衬托的绘画效果，是人工与天工的融合，是陶瓷艺术之美的扩张与延伸，是前所未有的艺术。

辑三

风车的哲学

　　农民为何要把饱满的和干瘪的稻谷扇得一分为三？因为这样做，好的稻谷能卖上好价钱，稍干瘪的稻谷机碎成粉末又能喂猪喂鸡，而那轻瘪瘪的就一把火烧掉。

　　这是一种取舍，人最难做好的就是取舍，所以，要借用风车的力量，借用风车的哲学。

　　风车的哲学，其实是一种人生的哲学，你要有所取，就必须有所舍。我们不管干什么，有得就有失，要有收获，就必付出，付出就是舍。

玩茶童子

综观历史，大凡特立独行的人，都是备受争议的人。魏晋风骨，才有阮籍、嵇康这些人。但不论是江湖，还是朝堂，嵇康这种特立独行的人，不说备受争议，但都是容不下的，然而他们都是以生命为代价维护着自己的狂傲风骨。为此当时的文人是这样描述他的：站如孤松之独立，醉如玉山之将崩。

直面人生，他与苏格拉底可比肩。

历史上除了嵇康，苏东坡的特立独行也是我所推崇的，他的"一蓑烟雨任平生"不知让多少人清醒地特立独行。

所以，我喜欢特立独行的朋友，叶汉钟就是其中一位。也许是他这种特立独行，他才把工夫茶玩得那么炉火纯青。

人称叶汉钟"玩茶童子"，叶汉钟自己也喜欢这个外号。如今年过花甲的他，一双大男人的手，玩起茶来，滚杯、冲泡、"关公巡城""韩信点兵"，动作是那么优美，比少女的纤纤细手还要轻巧自如。

在我没有认识叶汉钟之前，不少人对我说，这人狂傲，喜欢装腔作势……总之，大都是"负面新闻"。

"墙倒众人推"，叶汉钟的"墙"还没倒，那些人就在推。我想这叶汉钟应不是一般的人，或许是艺高遭人嫉，有句古话叫"枪打出头鸟"，要不怎么如此引人关注？要不怎么是墙内开花墙外香？外面的人，管你是谁，你有真本领，我服你，没有真本领，谁理你？哪怕你是市长，你在当地可呼风唤雨，走出你的地盘，你试试看？但叶汉钟走出当地，无论他去哪个地方，总有茶人和喜茶的人围着他转。

那是2015年，花城出版社要出版"地道广东"丛书，这是广东省扶持文化走出去专项资金支持项目，丛书一共6本，其中《广东艺道》主要由我来写。

8月的广州散发着浓浓的书香味，这里正举办南国书香节，主办方花城出版社举行"地道广东"丛书出版首发式暨岭南文化现场演示会。

会上我为书中人物章海元表演壶艺、吴闻鑫表演泥塑做旁白对话，与我对话的是广东电视台的美女主持。

在这次推介会上，还有人表演茶艺。此人身着文化衫，但那江湖气还是难以掩盖，正准备离开时，他对茶道的娓娓道来，让我停止了脚步。他把潮州工夫茶讲得那么引人入胜，那么令人神往，尤其是他调动台上台下的气氛，与观者的互动效应，让我觉得这人还真是"大忽悠"，是个有水平、有感召力的"大忽悠"。

一个人有如此忽悠的能量，还真得有两下子，不是说台上十分钟，台下十年功吗？

吃中饭时，时任花城出版社总编辑钟永宁先生介绍说，这位是叶汉钟大师，《广东茶道》的人物。

我这人属于局部社恐，一般在陌生人的聚餐中，很少说话，现场主要是他与钟永宁总编辑在讲，他讲话声如洪钟，且讲得很直白。这次吃饭时间很短，尽管我们都来自潮州，但没有交流，也没有留下联系方式，吃完饭，各自有各自的事，都走了。

这是我第一次见叶汉钟，也是我对叶汉钟有了新的了解，他这人爽快，一看就是个硬汉，是不一般的茶人。

2017年是茶界的多事之秋，年末有媒体盘点了"2017年震惊茶界十大事件"，"十大事件"中就有"潮州工夫茶发生恶斗事件，叶汉钟收徒动了谁的奶酪？"

该文说："潮州工夫茶非遗传承人叶汉钟收徒，竟遭不明势力的恶意诽谤，所有的阴招、损招、下三烂的手段都轮番上演，好似一出宫廷大戏。"

其实是这一年的10月，叶汉钟在杭州茶博会上高调收徒，10期课程，学费38000元，引来了汹涌澎湃的批评，甚至是攻击与漫骂。

看了那些痛批他高价收徒的文章，我就想不通，这些收的徒弟大都是外地的，再说"周瑜打黄盖，一个愿打，一个愿挨"，怎么就惹着他们了？

我总是告诫自己，尽量少评少批身边的人和事，原因是抬头不见低头见。但实在是看不下去，于是写了一篇《叶汉钟高价收徒的是是非非》。我在文中说：这次叶汉钟收徒，却把自己推上了风口浪尖。我在网络、自媒体上看了不少点名或不点名批他的文章，看后我是笑了，不知叶汉钟会不会笑？

其实对于他高价收徒的争议，未必不是一件好事，可让更多外界的人知道叶汉钟，知道他的茶艺与"功夫"，这难道不是不花钱的广告吗？

那些明星为了炒作，花钱请人批他们骂他们，然后引得网友唇枪舌剑，争得死去活来，这样也就达到了目的。

再说叶汉钟高价收徒，观者心里早有一杆秤。出3.8万元去拜叶汉钟为师的人又不是傻子，叶汉钟不能给他们实在的学问与技艺，不要说是3.8万，就是38元人家也不乐意。据说这次叶汉钟收的徒弟学历都不低，有的还是教授，有的是文化传播公司的董事长，可见档次之高。

其实叶汉钟高价收徒又不违法，潮州工夫茶是非遗，而且收徒传承符合有关规定。《非物质文化遗产法》从非遗传承人的条件、义务，政府的职责等多方面，明确了非遗传承人"开展授徒"的必要。而叶汉钟就是国家非物质文化遗产项目潮州工夫茶艺省级代表性传承人、广东省非物质文化遗产潮州单丛茶制作技艺代表性传承人。

何况只是3.8万，就是38万、100万，有人愿出，我们也只能羡慕嫉妒恨。

高价收徒没有什么不好，至少说明潮州工夫茶越来越影响大，越来越有价值。潮州工夫茶早已是国家非物质文化遗产项目，如今又是世界非遗了。

脾气豪爽的叶汉钟在这件事上，却没有作任何反击，而是始终保持沉默，这是睿智的。

人往往赢在格局上，输在斤斤计较上。

后来的事实证明，我的判断是正确的，那些想扳倒叶汉钟的人，不仅没扳倒，反而是帮了叶汉钟的大忙，让他在大江南北名气大振，如今他在北京、上海、深圳都有"叶汉钟工夫茶传承基地"，连呼和浩特也有他的传承基地。

叶汉钟这一辈子，做过很多让人难以理解的事，这或许与他的前瞻性、特立独行有关。1998年，大家都忙于赚钱，那时处在广东沿海的潮州，只要你脑子活，胆子大，路子对，钱就好赚，也来得快。

叶汉钟从小就与茶打交道，高中毕业就在茶叶公司上班。在一条老巷中，住着一个叫凯伯的人，会打拳，会品茶，还懂茶器，他就常带点好茶到凯伯家拜师学艺，凯伯边泡茶，边讲工夫茶的冲泡方法，还说起藏壶与养壶的典故。凯伯对壶的保养很讲究，泡茶后，他把壶清洗干净，要用干布擦净水，再晾干，放点茶叶在壶内。

凯伯对壶的爱好，触动了叶汉钟对壶的兴趣，从这个时候开始，叶汉钟开始买壶收藏。叶汉钟说，那时的工资也才20多元，但买一把壶却要四五元，只要壶型不一样，他都买来。这显然只是一个收藏的初级阶段，日复一日，年复一年，壶也就多了起来。

随着时间的推移，叶汉钟的眼光高了，收藏的品位也高了。之前收藏的壶便出手卖。那时台湾商人常来潮州买壶，叶汉钟便把这些壶卖给台湾商人。

那是1998年春的一天，叶汉钟买了一把潮州壶艺师用老紫泥仿时大彬的大壶，后来台湾商人在他家看到这把壶，说这把仿时大彬的壶，仿得真如古壶，问叶汉钟卖多少钱，叶汉钟也喜欢这把壶，不想卖，就把价格抬高说，32000元。那时叶汉钟在经营，员工的工资每月也是200来元。

没想到台湾商人价都不还，就从包里掏出钱给叶汉钟。台湾商人对叶汉钟说："此壶仿得好，关键泥料是宜兴的老泥，我把它带回台湾可卖几十万元。"

这个时候钱好赚，叶汉钟却要放弃这个赚钱的机会，又做了一个惊人的决定：去浙江大学攻读茶学。

早都做爸爸的人了，还要去读书，不要说别人不理解，就连他老婆也不理解。

叶汉钟背着行李，迈着坚定的步伐去了浙江大学。叶汉钟曾对我说，这是浙江大学首届茶学研究生，在8位学员中，只有他是茶叶个体经营者，也是广东省唯一的学员。

可以说，如果没有这3年在浙江大学的进修，就没有今天蜚声海内外的叶汉钟。

如果叶汉钟没有去浙江大学进修茶学研究生，他就只是一个富有经验的实践者，因为他少了茶学理论的支撑，也就不会是今天既是"实力派"，又是"学院派"的叶汉钟了。

那是2018年1月28日，首部潮州工夫茶艺职业技能培训教材《中国（潮州）工夫茶艺师》新书首发式，在北京茶叶博物馆举行。不少茶界大咖来这里为叶汉钟站台，连中国社会科学院首席研究员、中国国学研究与交流中心茶文化中心主任沈冬梅也来了。

记得北京老舍茶馆的掌门人拿着这本书，在台上说："我们皇城根下，还没有出这样一本书，倒是省尾国角潮州的叶汉钟老师捷足先登了……"

我是以媒体人身份参加这次新书首发式的，第二天在新华社发了一条消息，报道此书填补了国内空白。

这几年，叶汉钟更加忙碌起来，全国那么多传承基地要跑，要传道授业，要走出去，把潮州工夫茶推向世界，到国外演示中国茶道。他还跑到云南、广西等贫困山村，免费帮助茶农提高制茶技艺，手把手地教，让更多的茶农脱贫致富。

我的家乡余江画桥镇葛家店产绿茶，翻看史书县志，从宋朝就开始制绿茶，但是葛家店的制茶工艺仍然落后。于是我想请叶汉钟带领他的团队去我家乡跑一趟，看能不能提高他们的制作技艺，提高茶农的经济效益，能不能制作出红茶，这样夏茶就不会浪费。

没想到叶汉钟满口答应，并自信地说，制作红茶应该没有问题。

2023年4月7日下午5点，我陪叶汉钟和他的团队赶到了葛家店。他不顾旅途的劳累，一下车就上山察看茶山，然后告诉制作茶的师傅，这个茶叶可以制作出好红茶来。

其实头一天，我就交代葛家店村干部，今天上午要采茶青50斤，按照叶汉钟的交代先晾青。

吃过晚饭，叶汉钟便忙了起来，他要提升葛家店绿茶的质量，还要试试是否可以制作更耐储存、品质更好的红茶。

当地媒体记者陈建红这样报道说："当晚，一场技艺风暴开启，就提高绿茶品质、制作红茶方法，按照真正的顶尖制作工艺环节，叶汉钟向村里的制茶师傅手把手悉心传授。"

当晚直至深夜、至翌日凌晨3点，葛家店群山静寂，只有村部的制茶车间灯火通明。"这里进料量要多，机器转速可以设置慢一点。""温度、速度要掌控好。""收堆要轻柔，要像爱护婴儿一样。"在叶汉钟的讲解下,机声隆隆,一片片茶叶依次杀青、回潮、揉捻、解块、烘焙,这是一个奋斗的夜晚。

第二天,大家开泡新鲜出炉的茶叶,茶叶果然经久耐泡,茶汤鲜美味醇、回味悠长。"这个香气就很好了,很甜、有花香,滋味醇厚,这是真正的红茶味道。"叶汉钟欣慰地说。一夜辛劳后,大家喜不自胜,村里制茶师傅吴克旺直呼受益匪浅:"有些环节以前不懂,经老师一点拨就明白了,原来如此啊!以后我们茶叶的外观和质量都会提升!"

叶汉钟教他们做红茶,采回的鲜叶叫他们放在室内摊薄,厚度均匀在一寸,八至十个钟头摊晾后,叶子失去一些水分,鲜爽度提高了;第二天一早叶汉钟在那里把叶子翻起来,然后"抖"开,我们都跟着学,这"抖"的动作还真难。叶汉钟还教他们揉捻的手势,揉捻要轻巧,要使茶漂亮,就在这个细节上。

第二天的品茶会上,把以前的绿茶和昨晚叶汉钟他们制作的绿茶,进行了比对,叶汉钟教他们做出的绿茶品相好看,喝起来更甜爽,更耐泡。而红茶,喝的人都说不输祁门红茶。

这天,村支书柴凤邦喜不自禁地对我说:"洪老师,真的感谢你把叶大师请来,把制作技艺传授给我们。以前我们花了五六万学费,人家也不教我们,叶老师不要一分钱学费,却把技艺毫无保留传授给了我们。"

后来镇里的领导对我说,叶老师帮葛家店提升茶叶制作技艺后,绿茶的价格翻了一倍。一位区里领导打电话对我说,葛家店制作的红茶卖到2000元一斤,这是没有想到的。过去只收一季春茶,如今是收春夏两季,夏茶全部制作红茶,茶农的收益大大增加。

从葛家店回潮州的路上,我笑着对叶汉钟说:"你是卖命般地把制茶技艺传授给他们,一点也没有保留啊!"

叶汉钟说,再好的技艺不传授给他人,又有什么用?有了技艺,毫不保留地授人,让他们受益,这是一种布施,也是一种快乐。

是啊,这位快乐的"玩茶童子",为何每到一地,总有人围着他转,就是因为他会把工夫茶艺、茶叶制作技艺毫无保留地传授给他人。

这就是叶汉钟的胸怀,也是他的人生态度。

只求杯中茶汤甘

中国人的饮茶起源众说纷纭，主要原因是因为唐代前无"荼"字，只有荼字加了一画的"茶"字。

陆羽在《茶经》说："茶之为饮，发乎神农氏。"而常璩在《华阳国志·巴志》说，在周朝，巴国就已经以茶纳贡与周武王了。

现存最可靠的资料是在汉代，以王褒撰的《僮约》为主要依据。此文撰于汉宣帝神爵三年，也就是公元前五十九年正月十五日，在《茶经》之前，是茶学史上最重要的文献。还有六朝的说法，有人认为起于"孙皓以茶代酒"……

这些就让史学家去考证吧，我们饮茶人还是用嘴考证那杯中的茶汤，那才是最实惠的。

茶树越老，茶叶越贵，这是因为物以稀为贵。有人说云南凤庆锦绣茶祖是世界上最老的古茶树，据说距今已有3200年，不知这茶叶如今炒到多少钱一斤？但潮州乌岽山宋朝古树，传说是900多年，每斤茶叶曾炒到百万，那不是我们平常人能喝得起的。

老树茶的确回甘悠长，但也得讲究冲泡方法，好茶，还得有好水、好茶具、好茶艺。难怪明朝许次纾会在《茶疏》中说：

"茶滋于水，水藉乎器，汤成于火，四者相须，缺一则废。"

潮州工夫茶，是中国茶艺中最具代表性的一种，早已蜚声四海，已列入《国家级非物质文化遗产名录》，被尊称为"中国茶道"。

有句俗语叫作"穷人喝酒，富人饮茶"，但在潮州喝茶没有贵贱之分。喝工夫茶，是潮州人一项日常生活中最平常不过的事，一家人吃完饭后冲一泡，客人来了冲泡一壶，累了，坐下来喝几杯。

潮州人把茶叶叫"茶米"，是说这茶犹如米，也有嗜茶如命之意。在潮州，不管是富人，还是穷人，家中都会有茶具与茶。

富人喝贵茶，穷人喝大众茶，但冲泡的形式是一样的，喝的尊严是一样的。穷人喝的茶汤也许进口是苦涩的，但进了咽喉就是一样的回甘，要不他们怎么会乐此不疲喝一辈子？

老百姓喝茶不说起源，只食杯中茶汤。

南方有嘉木

我是一个喜欢阅读的人,可说是手不离书。一辈子除了喜欢读书写作,喝茶养壶,没有其他爱好。在我们家的两个书房里如今都堆满了书,除了书多,我家就是壶多。

也正因为如此,我尤其喜欢看写茶写壶的书,书看了不少,让我常常记起的只有王旭烽老师的《南方有嘉木》。

"亦有一种山之水,是许由用来洗耳朵的道家的水。在山泉水清,出山泉水浊。茶圣陆羽的唐朝的水,当然是在山的了。"

"煮茶用的水,以山水最好,江水次之,井水最差。"

书中这些文字,至今也没有忘记,所以,我家泡茶用的水,大都来自凤凰山。

在我的记忆中,是 20 世纪 90 年代后期的那一年,我买了《南方有嘉木》,小说以绿茶之都杭州忘忧茶庄家族四代人起伏跌宕的命运为主线,展现了茶人在忧患深重的人生道路上挣扎前行的气质和精神。小说勾画出一部近、现代史上的中国茶人的命运长卷。这也是第一部写茶人的长篇小说。

读完这本书,我真的感觉到"茶的清香、血的蒸气、心的碰撞……"

那是1999年,我弃政从文,从江西调到广东沿海城市工作,当时我带了10袋书,一台电脑,和一些生活用品,而其余的书给了三弟,打算等我在这边稳定了,再把那些书邮寄过来,没想到他搬家时竟把那些书全作废纸卖了,这让我气炸了。因为有些书是我在新华书店老仓库里挑来的,虽然有的是几毛钱的老书,而对藏书者却是很有价值的。

来到这家媒体,我当了半年的编辑,便向总编辑要求去当记者,总编辑用好奇的眼光打量着我说:"人家记者是想尽办法要当编辑,你为何要去当记者?"

我说,我是一个外地人,要了解当地就必须把全市每个乡镇场跑个遍。就这样我花了两年多的时间,跑遍全市所有的乡镇场。记得要去凤凰山采访茶人,我突然想到要看看《南方有嘉木》,可就是没找到。没找到,肯定也就没有了,被三弟卖了。

后来,我重新买了一本《南方有嘉木》,同时买了王旭烽老师的第二部《不夜之侯》。再后来人民文学出版社出版了王旭烽老师的《茶人三部曲》(《南方有嘉木》《不夜之侯》《筑草为城》),这是一套金装版的,封面上压印的"茅盾文学奖",让人觉得很有厚重感。

人的缘分是很奇妙的,有人说,人与人之间的缘分,都是前世修来的福气,是冥冥之中的天意。因为有缘,才会相遇、相识,甚至相知。这个说法,我是很认同的。

潮州有个茶人叫叶汉钟,他就生在凤凰山,从小就与山上的茶树在一起,与茶人日出而作。后来长大了,他在茶叶公司工作,是一辈子也没有离开茶叶的人。他在外面的名气很大,茶人的江湖地位很高，办个茶叶培训班，连北京、上海、广州、南京、呼和浩特等地资深茶人、知名作家、教授等，也来参加学习，还拜他为师。

我记得很清楚，那是2017年11月25日，我们赶到凤凰山去住。叶汉钟说，这次与学员讲课的有王旭烽老师，于是我把《茶人三部曲》背上了凤凰山。

真是没想到20年后，在单丛茶的故乡凤凰山见到了这位著名茶人——《南方有嘉木》的作者王旭烽老师。

我是研究壶的，给学员讲的是如何鉴赏壶。应该说，对于茶器我也是有所了解的，但王旭烽老师讲的，却让我耳目一新。

王旭烽老师是26号下午从杭州赶到潮州凤凰山的，到山上时已是傍晚6点多，晚上8点她就开讲，第二天一早她就要赶回杭州。

王旭烽老师讲完课后，我们坐在一起喝茶，我把《茶人三部曲》拿了出来，请她在扉页上签名。同时也带了我写的《中国手拉坯朱泥壶第一人章燕明》一书送给王旭烽老师。

下山后，我写了《"茶人"来到凤凰山》，文中这样写道：王旭烽老师在讲茶人故事，茶与茶器的历史与发展。比如她说到会说话的盖碗茶时说，盖碗是一种上有盖、下有托，中有碗的汉族茶具。盖为天、托为地、碗为人，隐语天地人和之意。她还说，茶托到唐代才出现。讲到隐语时，她说潮州工夫茶中的"孟臣淋霖""乌龙入宫""春风拂面""韩信点兵"等都是隐语。讲到茶语的当代意义时，她说隐语应纳入主流语言，更好地为今天的生活服务。她在茶艺中讲人生、讲哲理，她讲"孟臣淋霖"是一种温杯,那就让我们都做个"温杯人"。潮州工夫茶就有这种为他人做"温杯人"的情怀。

王旭烽老师是一位作家,更是一位茶人。茶人三部曲,讲着茶人的曲折故事与跌宕人生。而《茶语者》虽然是在80万字关于茶的各种非虚构文字中选择出来的,但这本书从多角度展示了中国的茶文化与中国茶人的精神,有很强的知识性,让更多的读者了解中国茶文化。或许这就是当年茅盾文学奖揭晓之后,王旭烽被称为"黑马",而王旭烽老师自己却不认为是"黑马",而只是一片茶叶之因。

在课堂上,她讲到婚礼茶,谈到了"山茗海砂",这让人想起了成语"山盟海誓"。她曾策划了这样一场婚礼,新郎新娘喝一杯茉莉花茶,其寓就是没离,百年好合之意。她说给茶注入文化,才能传播得更远。这让我再次想起她在美国耶鲁大学的讲台上说过的那句话:"作为一名小说家,一位茶文化的传播交流工作者,我目前所做的一切,正是用茶文化这样一个符号,去进行精神与美的劳作,去创造茶的世界。"

两个多小时不知不觉地过去了。课后,我与王旭烽老师一边喝着工夫茶,一边谈着凤凰单丛,与这位享誉海内外的茶人谈茶,不仅仅是一种享受,而是别有一番意义,因为我们就在单丛茶的产地凤凰山上。用她的话说,潮州单丛茶口感好,且有回甘。

王旭烽老师说过,真正跟茶产生比较深的接触,还是1989年到杭州中国茶叶博物馆资料室工作之后,她"恶补"了许多中国茶文化的知识。由此她变成了一个与茶相伴相生的茶人。

王旭烽老师后来去了省作协工作,她本已安心当个作家。但2006年,浙江林学院和中国国际茶文化研究会联合成立了全国首个茶文化学院。王旭烽老师得知后决定加盟浙江林学院,不当省作协专职副主席,要做一名专职的教师,说不会担任何行政职务,集中精力潜心教学与科研。

在这个官本位的时代,能把官位看得如此淡薄的人,这才是人们所敬佩的。

于是我又想起了王旭烽老师说的:"茶的那种永恒性,不管在什么情况下,都有一种坚持、对抗漫长的生命力,这种精神是茶人特有的。"

"茶没有虚荣心。它刚刚发芽,在最美好的时候就被采摘下来,到火里去烤,烤了之后要闷起来。做好以后,还要把它放进一个罐子里,不能见人。等到要喝的时候,还要用开水来冲泡它。它经历了重大的苦难和考验,换来的是甘醇的茶水,为人类服务。这就象征着茶人身上的奉献精神,不图虚荣,无私地把自己的一切都给出去。"

王旭烽老师是个真正的茶人,如果说她是个作家,那也是业余的,因为《茶人三部曲》都是业余时间创作的。不过在茶人中,她是最能写的,在作家中,没有人比她更懂茶。

2022年2月初,我收到王旭烽老师签名盖印的新书《望江南》,这书是这年1月出版的。2023年6月底,我收到了王旭烽老师刚重印的《茶人四部曲》,《望江南》虽然去年已经看了一篇,但我还是迫不及待地重看,尤其是那些描写茶与茶器的文字与故事,比如写"阿曼陀室",说钱塘人陈曼生在溧阳县令任上,正兴致勃勃制作紫砂壶时，抬头见到了曼陀罗树，所以我们才能看到曼生壶底刻有此四字。有意思的是杭家的"阿曼陀室"，是专门用来珍藏杭家数代的古玩珍宝，主要是珍藏那把曼生壶的。这曼生壶应是杭家的镇宅之宝了。

　　王旭烽老师是个细心的人，四本书上都有她的签名与印章，日期是 2023 年 6 月 20 日。不过，在第一部《南方有嘉木》扉页上写着我和我太太的名字。

　　她知道我太太是个业余作家，也是个茶人。

你的爱是星辰大海

看《你的爱是星辰大海》这部小说,你一定会泪奔,但心中却有一股力量。

这个社会总有那么多苦难与不幸,但也有那么多温暖与亲情,让你努力前行!

"当年为什么丢弃我?"第一次面对自己的母亲,茹意问出了压在心中二十多年的那句话。

妈妈摇头痛哭:"这二十多年,我没有一天不在想你……当年妈妈真的是没有办法,生儿子是妈妈的宿命啊……"话未说完,妈妈就昏迷了过去,ICU里,她睁着眼睛停止了心跳。

最后,面对死不瞑目的妈妈,茹意含泪叫了一声"妈妈"。世界上有些错是无法被原谅的。所以,茹意不是原谅她,而是放过自己。

这是作家小树的长篇小说《你的爱是星辰大海》(2021年4月广东人民出版社出版)里的故事片段。

生在乡村,长在乡村的我,被谭冬英那句"生儿子是妈妈的宿命啊"深深震撼。

那时的乡村女人为了生儿子东躲西藏,哪怕房子被拆,家没了,也要生到男孩,否则你在村里一生都抬不起头,做不起人,这就是那个时代乡村社会的真实写照。所以像茹意这样被丢弃的女孩,在那个时代的乡村是常发生的事。

在我们村庄可以找到那个"被丢弃的茹意",在邻村也同样可以找到……她们都有共同的命运,都有一样不幸的童年。

这部小说让我在半年多的时间看了六遍,一部小说让我看六遍,还是人生第一次。茹意的故事是那么熟悉,又是那么打动人心,每次看都让我的眼睛湿润,茹意的命运和书中的情节深深地打动了我,感染了我,引起了我的共鸣。

小树并没有像莫言写《蛙》那样,对现实进行有力的讽刺与挖苦,她用自己细腻的笔触,对人物丰富而又复杂的灵魂进行了剖析,同样引起了我们对于生命与灵魂的思考。

小说不是一味地为揭露而揭露,为批判而批判,而是通过茹意悲惨的童年来反映那个时代的现实,反映茹意被抛弃的苦难。故事中有冰冷的现实,但也有尘世的温暖。

人生有悲惨的过去,并不代表未来也悲惨,只要努力奋斗,同样有美好的未来。生命在艰难中前行,生命的尊严被无情地贬损,甚至践踏,但生命在奋斗拼搏中也赢来尊重与喝彩。

作者虽然叙述的是茹意的曲折人生,也是叙述这个时代的演变与发展,这才是不断唤起人们思考,启迪人们对生命展开不断探索之因。最后,茹意接受了姐妹亲情,突破了精神障碍寻找到幸福爱情,融入了社会这个大家庭,这就是小说主题所要表述的"你的爱是星辰大海"。这也是我们这个社会所需要,所要提倡的一种价值观,因为透发出了这代人为实现美好的新生活而奋斗的进取精神。

茹意的18岁是个分水岭，18岁之前她的命运是至暗的。那些藏在生命深处的痛，是她被亲生父母丢弃后，又被一个不配做母亲的养母收养，这才是悲剧中的悲剧。但悲剧还没结束，在她高考的前几个月，她被养母高价卖给县城包工头家的傻儿子做老婆。殊死的挣扎反抗中，她逃了出去，巨大的绝望和屈辱在胸腔里奔突，她不禁仰天悲泣，绝望中从桥上跳进了滚滚的河流中。人生跌至谷底，眼看就要结束，但不是尽头，而是她人生的转折点，这就应了那句古话："大难不死，必有后福。"

老天让跳进河里的茹意逢贵人了。这个贵人就是把她救起的一对退休老人——艾爷爷艾奶奶。两位慈祥善良的老人鼓励茹意重新振作起来参加高考，并资助她读大学。

"人生的路很长，人生的河很宽。我们生而为人，最大的无奈是无法决定自己的来路，也无法改变自己的去路，唯有中间的这段属于我们自己把控。挣脱苦难，我们选择和过去告别；努力奋斗，我们想要更好的生活，实现自我价值。"这是茹意的另一个贵人穆皓峰说的。

他们在华山偶遇，这场偶遇是茹意人生事业的开始，也是穆皓峰创办的企业励峰起死回生、蓬勃发展的开始。整部小说结构新颖独特，思辨性很强，人物刻画得生动有力，作者的艺术尝试应是成功的，表述的家庭苦难、亲情、爱情，都诉诸血肉丰满的人物形象之中，镕铸在人物之间的性格关系之中，把问题与人物这两者的统一，有机地建立在塑造的基础上，恰当地安排人物和冲突，从而让小说的艺术张力更加清晰明显。

多思、复杂、躁动、时尚、追求，是这一代青年的本质特征，也应是当代青年的主流，而这部小说反映的就是这样的主流。

小说着重从人性、人的价值、原生态家庭、亲情和爱等方面进行探索，特别是人与家庭、人与社会的关系上鲜明地表达了自己的见解和倾向，是以人性角度对"人"进行探索与审美评价的。当然该书也有不足，比如对男友马小阳过于形象化与完美化，以及对养母李大红的丑化。

最后我要说的是，良心就是人的本性，任何人，任何时候也不应泯灭。有良心，才有爱。消除隔阂，化解矛盾，融化仇恨，最有效的办法就是良心、爱和人性的复苏。这些我们从茹意的转变中可以看到，当然生活中我们也能看到这样的茹意。

家乡情怀

"俺都是乡村走出来的,离乡再远,离乡再久,心中牵系的还是那片山水村野!这是诗词文赋给我们每一个读书人灌注的天性和本能。也可以说是(乡)情不知所起,一往而深。"

这是李俊的一句话。

我至今没见过李俊,但看到了他对家乡的一往情深,看到他的善举,看到了他对家乡的奉献。为了家乡义家山村的建设,上海—九江义家山来回跑了多少趟,他记不清了,仅2019年他从上海跑回家乡50多趟。他是律师,工作忙,往往是头天来,第二天赶回上海,在村里住一个晚上,看看建设的情况,村子的规划,路怎么修,小桥怎么建,亭建在哪里好,放在艺山馆的艺术品如何摆放……这些都得他到亲力亲为。

有句话说得好,有耕耘就有收获。功夫不负有心人,2020年11月,这个村获得了"中国最美乡村镇'生态宜居成就奖'"。

我是长期关注三农的人,是全国写三农评论与杂文最多的人,常跑乡村,听得多,也见得多,但像李俊博士这样无私建设家乡的乡贤并不多见。

"故乡何处是,忘了除非醉",这是李清照的名句。在中国作家网刊登了《乡情，乡愁，乡魂》，写的就是李俊。李俊10岁时就随父离开山村。1992年，他了考取华东政法大学。法学本科毕业后，李俊转而考入华东师大，攻读唐宋文学硕士、博士学位。所以说，他是位律师，更是位文人，文人大都有浓浓的乡愁情结。

"外婆牵着他，走在乡间小道，月出于东山之上，满天清辉，这一幅儿时故乡图画，一直印在李俊的脑海，直到他走出乡村在大上海呆了近三十年也不曾忘怀。乡情似酒，越酿越浓，山乡誓换画图新，这是李俊的深情，也是他的愿景。于是，他踏上回乡的路，驾车奔驰在上海到都昌的来回路途上，千里迢迢，翻山越岭，风雨霜雪，春夏秋冬，无怨无悔。"

义家山的山水美得让人心醉！

还未进入依山而卧的村子里面，就能听到潺潺的水流声音，那潺潺的流水声，犹如乡野歌唱家的歌声。循声而上，扑入眼帘的是一条明明朗朗的清溪从山上而下，溪水清澈见底，流过村庄，流过小桥……

让人想起了宋代秦观的那首词："树绕村庄，水满陂塘。倚东风、豪兴徜徉。小园几许，收尽春光……"

这个村不仅是一个被山水掩映，让人记得住乡愁的村庄，而且还是充分具有自然艺术气质的村庄。站在村前的牌坊边，眼前是群山环绕，绿树成荫，宽敞明亮的座座新房，还有那小桥流水，亭台楼榭，艺术馆……当你走进艺术馆，欣赏到那些名人字画作品、工艺品，这是山村？山村能有这样的艺术馆？

不过在义家山，最令人心驰神往的就是那三面环山的绿；最令人心旷神怡的是那蓝得没有一丝杂质的天空；最让人流连忘返的是清亮见底的溪水。珠岭水库犹如一颗蓝宝石镶嵌在山脚下。这样的绿，这样的蓝，这样的水，是真正让人无法忘怀的乡愁。

然而，这样无法让人忘怀的乡愁离不开李俊的守护与建设。

从县城出发沿都中公路往狮山乡方向行驶，在珠岭村卢家畈左拐进入村道。从这个拐点开始一直到李俊老家的义家山村长约三公里的村道，都是李俊出资修建硬化的。珠岭行政村的主干道全部安装了路灯，全年的电费也由他负担。因此珠岭成了狮山乡第一个实现主干道亮化的行政村。

村民们说，当年只要一下暴雨，水库又要排洪，洪水淹没了庄稼，还流进了村庄。李博士买来石头修好了村前的这条沟，就再也没有淹过庄稼。村民还说，这些钱都是李俊一个人出的，是他辛苦赚来的钱，他没带私心，自己没在家乡建一间房，整个村里的所有公益事业都是他一个人出钱做的。

他姐姐说，李俊自己很节省，那辆车开了61万公里，有时候在路上赶时间，一个面包一瓶水就打发了。

心中有爱，穿枝拂叶也不觉悲凉；心性淡然，披荆斩棘也不会畏惧。说李俊有风骨，是他为了这最美乡村，竟不怕得罪当地的领导，还把那个非法开采石材，破坏生态的商人告进了牢房。

悠悠天宇旷，浓浓故乡情。李俊的敢作敢为，乐为乡村振兴做贡献，才是这个时代最需要的品格。

在义家山村口是李俊建的石雕牌坊，坊梁上镌刻大气磅礴的"义重如山"四字，这四个字切合村名"义家山"，更切合李俊那义善之福的胸襟。

你想象不到的角色转换

八千岁是谁？诗人，还是当地有名的诗人。他的诗意境好，还接地气，有人说诗在远方，但他的诗却在身边。

万河保是谁？我邻村人，养鸡的，养得闻名遐迩。

那时我高考落榜，回家乡种地，面向黄土背朝天，每天都是起早贪黑地干，夜深人静时，我在煤油灯下做着文学的梦，而万河保在养鸡。

那时我给他写了篇通讯《"鸡司令"万河保》，发表在当地的报纸上。采访时，去过他家，那时他很瘦，也很憔悴，黑眼眶，满脸的络腮胡须，根本不像个二十几岁的小伙。但他的精神状态蛮好，两眼充满着希望的光。他带我看了鸡场，然后又回到他家，我们各自拿着碗喝凉水，然后坐下来聊。他告诉我，他也是高考落榜者，起初养鸡，村里人说他是不愿下地干农活，以养鸡为名来偷懒，那时连他的老父亲也这样认为。

那是1989年的春天，我在田地里插秧，突然有人喊："你是洪巧俊吗？"

我伸直腰，望着对面的田埂，一个人推着一辆凤凰牌自行车站在那里。

我说是。那人说:"我是乡党委书记,县委书记找你!"

"找我干什么?又拿不掉我的锄头棍。"我站在泥水没膝深的田里说。

"还真有可能。"他骑上自行车说:"明天上午九点你一定要赶到县委,九点钟,钟书记的秘书在县委门口等你。"

第二天,我骑着一辆除了铃铛不响哪儿都响的自行车去了县委,九点还没到,我就赶到了县委大门口,双手扶着自行车,眼睛却在东张西望。那时我又瘦又黑,虽然穿着一件中山装,但人家一看就知道是个乡巴佬。

"你是洪巧俊吧?"一个清秀的小伙子过来问。我说是,他说带我到县委钟书记办公室。

我们上了二楼,小伙子推开门说:"书记,洪巧俊来了。"他给我端来了一杯茶,走时把门关上了。

"坐,坐!"

叫我坐的人坐在大办公桌旁的老板椅上,他高大魁梧,声如洪钟,双眼紧盯着我问:"你是洪巧俊?"

我点点头。

"不巧不俊,但写的文章却是又巧又俊。"说完,他哈哈大笑。然后又说,"我看过你的文章,还在中央人民广播电台听过你的诗歌《青春的旋律》,写得激情澎湃……"

我仍然坐在那里不知所措,没有说一句话。

他又说:"经县委常委会研究,给你解决了农转非,从此你就是城里人了,先借调县委宣传部工作。"

我就这样莫名其妙地来到宣传部上班,主要工作是采访写新闻报道，给国家、省级、市级媒体投稿。

我来到县城半年后，遇到了万河保，他告诉我，他也来到了县城。后来他由"养鸡司令"变成"养猪元帅"。我们常会在一起聚聚，记得我给他在省报发过一篇通讯，中央媒体的记者来了，我就带到他的猪场，当时他承包了一大片荒山，成了致富的带头人。

这一年，我俩都被评上"全县十大杰出青年"，我在会上发言，他也发言。有一年我评上了市里的"优秀公仆"，他评上了市里的"文明标兵"。

那时的万河保，荣誉像糖葫芦般地接踵而至，连全国劳模他也当上了。有人说他的全国劳模是我写出来的，这有点扯，应该是万河保一步一个脚印干出来的。

九十年代初，流行跳舞，万河保、桂振华俩人常邀我去舞厅跳舞，跳完舞他们俩去吃夜宵，我便回家休息。因为吃夜宵喝啤酒太晚，第二天就不用上班，他们俩老板是自由人，睡到太阳晒肚皮也没人管。

不过那时，万河保是放纵的，他的"秘密"我多少知道些。

我这辈子喜欢看书写文章，没想到万河保也喜欢看书，但从来没见过他写文章，那时他的一些材料也大都是我帮忙写的。

记得那是1996年夏的早晨，万河保突然打电话给我："洪部长，恭喜啊！"

"恭喜什么？"

"恭喜老哥提拔为县委宣传部副部长，要请客。"我心里想这家伙消息真灵通，昨晚常委会研究的，任命书都没下来，他就知道了。我笑着说:"八字还没有一撇,任命书下来了,才算是。"

第二年,我去坞桥乡当挂扶队长,也是夏天,乡里搞计划生育砸农民的房子,我对乡党委书记说这是违法的。第二天县委沈书记找我,我到他办公室,他说坞桥乡党委书记说下个月发不了工资,找你去发。我说,以前我就是个农民,实在看不下去。沈书记笑着批评我这是犯了幼稚病。

也就是从这个时候起,我对从政没了兴趣,以至过了两年我弃政从文来到了广东。

由于各自的忙碌与奔波,已经二十年,我与万河保没有任何联系。这二十多年来,我这个曾经的诗人,却再也没有写一首诗。倒是十七年前,我在香港《文汇报》开专栏时,写过一篇《背叛诗歌我过上了好日子》,文中这样写道:在这个时代,写诗歌养不活自己,更不要说养家糊口,所以,诗歌只能当作一种业余爱好,千万不要把它当作"饭碗"。在今天的气候中,诗歌无法让诗人们过得幸福;要过上好日子,那就彻底地背叛诗歌吧!这是诗歌的悲哀,还是我们的悲哀?

因为没有人能饿着肚皮写诗。

前年,一个叫"八千岁"的网友加我,八千岁常在朋友圈发诗,有时也转文学刊物发表的诗作。加我好友的有几千人,信息太多,也就没有留意,后来是他的《乡愁》让我关注了他。"母亲走了/乡愁是屈打成招的冤案/父亲死后,乡愁是/流落异乡的门楼与碾坊/老宅折了/我的乡愁便是——/秦淮河畔商女自备的琵琶……"

之后我会打开他的朋友圈看他的诗,今天我读了《恍惚又听见嘎嘎叫声音》：

> 九五年去北京
> 一顶帽子，一枚勋章
> 一截红缦带就像捆神索那样
> 捆住我的桀骜不驯
> 包括物欲与兽欲
> 那些被驯化的野兽
> 并非一个"捆"字了得
> 也要像大禹治水那样顺势利导
> ……

读完了这首诗，我在"评论"中写道："捆得你成了诗人"，并点一个"哈哈"的表情包。

九五年去北京，"一顶帽子，一枚勋章，一截红缦带"，那是万河保当上了全国劳模，没想到这一截红缦带，后来却把他"捆"成了一个活跃的诗人。

他什么时候开始写诗？我想应是时间自由或经济自由后的浪漫。

八千岁是谁？是那个养鸡养猪的人；万河保是谁？是那个才情横溢的诗人。

藏家把艺术藏在心里

当我看了《斯特拉地瓦利小提琴》，顷刻间蹦出了这个标题。

如果金小杭当初把他父亲"收藏，不张扬，不炫耀，耐得住寂寞，才能藏得住"的话记在心中，或许那把世界最有名的制琴大师、1723年制的珍贵小提琴，就不会让人调包。

《斯特拉地瓦利小提琴》只是《藏家》这本书中的一个故事。故事跌宕起伏，扣人心弦。

《藏家》我是一口气把它读完的，在这本书中，不仅读出了藏家的犀利眼光，独到鉴赏，而且读出了他们的酸甜苦辣，爱情悲欢……

《游熙古剑》告诉你什么？告诉你："是你的，躲不过；不是你的，强求不来。是福，错不过；是难，躲不过。"

所以，我在书中用红笔批注：藏家，藏什么？藏福，不是藏祸。这个你也得有眼光，有福气，你没那个福，就别藏那个地下挖出来的宝。它是宝，但也可能是损害你家的魔鬼。

那把游熙古剑传了三代，到了孙子这代，他想盖房才起了卖剑的心。这是秦战国时期白起的佩剑，出价30万，祁老六悄悄地买下来，精精神神的父母突然得病走了，贤惠能干的老婆出车祸了，儿子莫名其妙死在洗澡间，三岁孙子被电触死了，女儿离婚后疯疯癫癫……本是红红火火的企业却江河日下，要债的挤破了门，孤独的祁老六从此度日如年，生不如死。

古剑在他家待了10年，只得原价30万卖掉，无福享受，无福收藏。

老常接手后卖了280万元的高价，卖给谁呢？卖给了白总。

白总高兴了，这古剑值两亿多啊！

可白起这个先人，对他这个白家后人也六亲不认，3个月后，白夫人突然死了，接着他也被有关部门带走了。

最后此游熙古剑又是谁的？谁能有这个福气？

《望桩》也告诉你，命中有自然有，还告诉你知识是多么重要，与文化人打交道又是多么重要。

如果亓琨没去西安美院做那趟活儿，他就听不到那个银白头发艺术家那番话，他也不会悉心去收这些拴马栓，而卖了几百万。

《贩牛记》的主题不是贩牛，而是贩牛的过程中看到了一家的老宅子，看到了这个曾经旺盛家族在大气候中的无奈败落。留下的是残垣断壁与杂草丛生。

在这一片荒凉败落中，藏家靠犀利眼光还能搜寻到宝。这些宝的主人虽然后来花了天价的钱买回，但毕竟还是物归原主。

这个故事依然讲的是那句话，命中有自然有。

这本书不但让我学到鉴赏的新知识，也让我有了不少感悟，比如读《卷缸》时，我在书中空白中写道：人有品，艺无限，人无品，艺受限。看看身边那些搞艺术的，又何尝不是如此？

有的时候还真是吃亏不是愚，贪心才是蠢。艺术人是如此，藏家也是如此。那些无品的艺术人，能做好作品？藏家无品，收了宝物也无福消受。

　　看了跑画的几个故事，作为一个壶艺鉴赏家，我有这样的感悟：有人做壶，匠气重，缺失的就是艺术家的那种形到、意到、诗到，率意而为的张扬，由此少了独特的个性与灵性，壶做得端正，那只是技术娴熟，而没有高超的艺术性，更没艺术之魂。

　　壶小乾坤大。我看过一把老壶，老壶能让人看出它的峻伟、沧桑、文心，那峻伟里又不失柔婉，那沧桑中又显挺拔，那文心啊又展百年之瑰丽。

　　最早我读的是许海涛先生的《跑家》，后来我又读了他的《残缺的成全》，在这本书中，至今我还记得这句话："竹木牙角，竹子是最贱的，却排在第一位。艺术品位的高低在于艺术，而非材质。材质只是艺术的载体。伟大的艺术表现，会因材质而伟大吗？"

　　上个月有藏壶者问我，收藏壶是名家重要，还是材质重要。我对他说，一般的画家用最好的宣纸画了一幅画，齐白石用了一般的宣纸画了一幅画，你想收藏哪个？

　　我在朋友圈转过赵丽华的一句话："穷人买房，中产炒股，富豪买画，历来如此。你养画十年，画养你三代。你买房涨10倍，人家买画涨了1000倍，甚至10000倍。这一切取决于审美。"

　　此"画"在我看来是指艺术品，多少倍，取决于你审美的眼光！

　　有个喜欢喝酒炒股的朋友到我工作室喝茶，他看着我工作室摆的章海元大师的壶，爱不释手，我笑着说："藏酒炒股，不如藏几把海元的壶。"

　　其实喜欢收藏的朋友，多看看《藏家》这样的书，你才能真正成为一个大藏家。

新谚语：泥巴里爬不出洪巧俊

"泥巴里爬出个洪巧俊——老皇历"，这是家乡流传的新"谚语"。我回家乡初听时感到很吃惊，吃惊并不是因为用了我的名字作"谚语"，而是"泥巴里爬出个洪巧俊"咋就成了"老皇历"？

我问父亲，家乡什么时候流行起这个"谚语"，父亲说真正流行起来也是10多年前的事了。父亲还告诉我，邻村有个小伙子，不出去打工，却窝在家里爬格子，说是学我当年的样子，他父亲就常常拿"泥巴里爬出个洪巧俊——老皇历"来劝他儿子：那是30多年前的事，现在一个农民要当干部几乎是不可能的事。

小伙子不信，当年洪巧俊高考落榜种了8年田，就是因为发表了一些文学作品，走进了县委机关当干部。谁不知道洪巧俊家祖祖辈辈都是种田人，没背景没靠山，当年就是凭着自己在报刊上发表的文章当上了干部的，之后还当上了县委宣传部的副部长。他想，如果他发表了中长篇小说，还不能从泥巴里爬出去当干部吗？

父亲说这小伙子比我当年强，他是用电脑写作，不像当年我那样写在稿纸上，写了一稿，修改后，重抄一次。一篇文章少的修改三次，多的十多次，修改得越多重抄得越多，如果编辑提出修改意见，还得重改重抄。由于每天要抄写，我拿笔的中指不仅有厚厚的老茧，且压得变了形。现在就不用这么辛苦了，在电脑上改，点下存盘就行。

那小伙子的确比我强，写了几年就有中篇发表，且几年发表的文字超过了我八年的努力。于是他拿着厚厚一叠发表的作品走进了县委要求当干部，组织部门的人对他说，从工作方面来讲，你这样能写的人的确很需要，但没有办法把你调进县委。

小伙子说："当年洪巧俊为何能？"

"那是老皇历，现在当干部都必须考，还要有国家承认的学历。"

"也就是说，一个人再有本事，如果没有学历文凭，也不能当干部？"

"对，按照公务员录用的有关规定，没有学历，连考公务员的资格也没有。"要不，那位曾经在全国各地授课，在央视等各大媒体登台亮相，不懂英语的林陌也不会谎称自己毕业于美国明尼苏达大学，获心理学博士学位。当初他不冒充是留美博士，就是他的水平再高，知识再渊博，也可能没人请他授课，请他亮相。

我是幸运的，幸运在20世纪80年代就发表了作品，破格录取到县委工作。对于这样的事，我想谁也不会忘记：1989年4月12日早上，我正在农田里插秧，乡党委书记骑自行车来到田头告诉我，县委书记钟义忠委托他请我去县委，钟书记要见我。县委书记虽然没有亲自上门，但叫乡党委书记上门，亲自来到田头，如今有吗？

那时的情景至今历历在目：黝黑的脸膛，朴实的衣着，还趿着一双拖鞋。这样的一身打扮，如果是现在肯定进不了县委大院，门卫早拦住盘问了。那时不但没有人盘问，且一踏进县委大楼，县委钟书记的秘书就在那里迎候，把我带进了书记办公室。想想邻村的那小伙子自己拿着"成绩"求上门还不行，我就感慨万千，今非昔比啊！

"谚语"还有另一种说法："泥巴里爬不出洪巧俊——别费心机。"

我笑着说："泥巴里不是爬出了个洪巧俊吗？"

父亲没有正面回答我，而是对我说现在当干部是考，先是笔试，后是面试，最后是考核。很多农家子弟毕业后都想当国家干部，但都当不了。不是水平不高，而是自家的庙门太低，大多没钱参加培训，城市的孩子从小就参加各种培训班，学钢琴、学美术、学舞蹈，当小记者、小主持人，从小就得到历练，而农村的孩子回家后除了帮家里干农活，就是在村里玩耍。考公务员，城里人在考前大多会参加考公培训班，而农村的孩子大多拿不出这笔钱。

现如今，乡亲们也就不再要求大学毕业后的孩子去考公务员，而是趁早叫他们去外地找事做。如果孩子还要固执地考公务员，有当干部的想法，他们就会对自己的孩子说："泥巴里爬不出洪巧俊——别费心机。"

一辈子不种田

种了一辈子田的父母，临近古稀的年龄却住进了城里。住惯乡村的父母还是不适应城市的生活，父亲说乡村的空气新鲜，又可吃到自己亲手种的蔬菜，城里买的鸡蛋也没在村里买的好吃，因为村里养鸡喂的都是大米和虫子。但为了他的孙辈们又不得不在那喧闹的城里住着，大弟的一对儿女在城里读书，而大弟夫妻在广东经商，看管侄子和侄女的任务全落在父母身上。

母亲说，父亲这辈子没有离过"药罐子"，要不是你们兄弟能挣钱，如今药费这么贵，"药罐子"早端不起了。

父亲从小就有支气管炎和肺结核，身体一直很弱，但一家八口人全靠他一人扛着，他深知种田的苦和累，于是再苦再累也咬紧牙关让我们兄弟读书。可那时连吃饭都成问题，学费就更成问题。由于我们一个个在长大，饭量也在不断地增加。常常是青黄不接，新米还没出粮食早吃完。奶奶东家借一箩谷西家借一斗米。借得多了，奶奶就向父亲唠叨："只有担箩借谷的，没有担箩借字的。"

奶奶是体谅父亲太艰难，希望我这个长子能出来帮父亲一把。但父亲无论如何也要我读书，并对我说："你一辈子也不要种田。"他希望他的子女不要像他那样活得负重如牛。

可父亲的这个愿望我没能让他实现,高考落榜还是回家种了田。而且一种就是八年,在这八年的时间里我始终没有忘记"你一辈子不要种田"的话。

八年中,我白天拼命地干农活,为的是尽量减轻父亲的负担,晚上熬夜苦读耕耘,为的是不要种田。经过"八年血泪抗战",我终于从田埂上走进了县委机关,十年之后又调到了广东沿海工作。

那是前年,我把父母接到广东过春节,父亲悄悄地问我一个月挣多少钱,当我告诉他时,父亲愣了一下,然后笑着说:"我种10亩田两年的收成加起来,才相当你一个月的收入,还是读书好啊!"

听大弟说,父亲教他一对儿女,比他夫妻俩还要教育得好,如今都考进了县重点中学。父亲每天早晨五点半起床叫他们起来早读,然后煮好稀饭,买些早点让他们吃好去上学,晚上自修回来就让他们睡觉。到了星期天,就把他们带回乡村,说是让他们体验一下乡村生活,看看当农民苦不苦。

记得那是一个暑假,在老家市政府工作的三弟打电话给我,说侄子考试一门功课才考了79分,父亲要他回家做侄子的思想工作。那天正是星期天,三弟回家了,父亲便对侄子说:"你不努力读书,就要回家种田。"

父亲万万没有想到侄子会顶撞他:"种田有什么不好,都不种田吃什么?"

父亲听后一记耳光打在侄子的脸上,三弟也用脚踢,两人狠狠地揍了侄子一顿，父亲边揍边嚷道："我叫你种田！你，你……一辈子也不许种田。"父亲打累才歇手，之后是老泪纵横。

让我没有想到的，是我那位当政府官员的三弟也和父亲的想法一样，并用脚踢侄子。侄子的话并没有说错，但为什么挨了他们如此一顿暴揍？

暑假，父亲带着侄子侄女到乡村，父亲监督他们割水稻，要让他们真正体验"汗滴禾下土，粒粒皆辛苦"。从那以后，每个双休日父亲都要带他们回乡下，体验农村生活。我知道父亲的做法，一切都是为了侄子侄女一辈子不种田。

每到星期五的晚上，我都会打电话给父亲，那次父亲不在家，是侄子接的，侄子说爷爷到乡下买新鲜鸡蛋去了，明天一早就回来。我问他怎么不跟爷爷回乡下，没想到侄子斩钉截铁地说："不回乡下，一辈子不种田！"

放飞的八哥

  我生长在白塔河畔的奇湖岭村，这里有我的欢乐，却也有我的痛苦。从童年开始，痛苦就伴随着欢乐而来，在我的记忆里，我的童年是痛苦多于欢乐。而那只八哥却给我带来了最长的欢乐时光。

  那年我刚好七岁，在村小学读二年级。喜欢养鸟的我听说金疤子掏八哥鸟窝，捕获了四只八哥幼鸟。金疤子是比我大三岁的童年伙伴，他和我是村里最淘气的一对，虽然我们常打架，多以我失败而告终，但我们却是最好的朋友。所以我便跑到他家，希望他能赠一只八哥予我，没想到我磨破了嘴皮，他还是不肯。我提出用十篮猪草交换，金疤子一个月的星期天就不用割猪草了，但他还是不同意，说看在老朋友的面子上，那只最小，还没有长羽毛的小八哥卖给我，价钱必须是八毛钱。

  我说："我到哪里拿八毛钱？"

  他说："我不管，否则，我就卖给别人！"

  我一听火了："你……我们还是不是最好的朋友？"一边骂，一边冲向金疤子，两人厮打了一阵，每个人的脸上都布满伤痕，最后累得坐在地上，眼睛愤怒地对视着。

最后金疤子有气无力地说："算了，把那只小的留给你，等你筹到八毛钱就来领走。"

八毛钱，那个时候是五斤多盐的钱，而我家买盐的钱全靠那只老母鸡生蛋，母亲为了能让那只老母鸡多生蛋，常要我去捕捉青蛙给它吃。八毛钱对于我来说，那时是个天文数字。

第二天清晨，我、金疤子、尿铺洒等十多个伙伴一同去割猪草，割过之后，大家又去帮金疤子捕捉小青蛙，给他喂八哥。我们这些伙伴经常不是打得你鼻青脸肿，就是打得他腿拐手酸，但打归打，却都很仗义。就拿金疤子来说，其他的八哥卖了，就那只小八哥还真的没卖，人家出价一块二他也没卖。

后来金疤子跟我的大爷说了这件事，疼爱我的大爷把钱给了金疤子，金疤子才把那只八哥送到了我家。大爷给钱的事，是千万不能让父亲知道的，他要是知道，我不挨一身皮肉苦那才怪呢。

八哥长满了黑色羽毛，头部有羽冠，非常漂亮，我把它放进了笼子，它歪伸着脑袋，一动不动地注视我，这灵性的小东西早已熟悉我，金疤子没送到我家时，我几乎每天去他家喂食。

时间久了，八哥已成了我生命中的一部分。我每天放学回家第一件大事就是捉蚱蜢、挖蚯蚓喂八哥。我有时也把它带到田野，让它飞一阵子，让它自己在田塍上捉虫子和小青蛙吃；有时把它放在水沟里，让它自己洗澡。它洗澡时把头钻进水里，两只翅膀有节奏地在水里拍打，洗净后，飞向蓝天，自由自在地飞上几圈，再飞回来歇在我的肩膀上叫个不停。

记得有一天大爷来到我家，八哥悠闲地跟在大爷后面时起时落，然后站在大爷的面前。大爷说这八哥嘴呈黄玉色，脚呈橙黄色，全身羽毛光滑有光泽，是只性情温顺易驯、不羞涩的好八哥，且容易学说话。

我问大爷怎样叫它学说话。大爷说八哥需捻舌后才能教以人语。于是大爷对我传授捻舌的方法：将鸟舌用剪刀修剪成圆形。将鸟嘴撑开，在右手食指上沾些香灰（蚊香灰、香烟灰都可以）使香灰包裹鸟舌，随后两指左右捻搓，用力由轻到重，舌端脱下一层舌壳，并会微量出血，这是正常现象，涂些紫药水放回鸟笼，可用蛋黄蒸粟米作为饲料。待休养半个月后，即可进行教学话语。

我听后准备了剪刀，并到村卫生所要了点紫药水。可我始终没有动剪刀，我老是想不通，剪掉八哥的舌头，八哥肯定很痛苦，它还能吃东西吗？

那是一个让人不堪回首的夜晚，我与父亲很晚才回家。

当我们踏进家的门口，却听到了八哥亲切的叫声，我知道八哥也没睡，它一直在等我们归来。父亲久久站在笼子旁边，看着八哥，自言自语地说："这世道，人为何还不如你这八哥。"

那晚我大胆地向父亲说了不想捻舌八哥。父亲却抚摸着我的头说："孩子，你是对的，八哥是鸟，让它说人话还是鸟吗？"

八哥真的很乖，但也有犯错的时候，早上吃饭，它却飞向粥盒。然后站在粥盒上，用嘴啄盒里的稀饭。啄了一会儿，却把屁股转向粥盒屙屎。我想这下八哥闯祸了，性格暴躁的父亲肯定要抓住捏死它。然而，父亲只是轻轻地把它抱开，再用勺子把八哥的屎打走。

父亲边喝粥边对我说："儿子,你应该把八哥放飞,让它获得自由。"我愕然地摇摇头。

"我知道你和八哥的感情,但你应该知道八哥也有家,有父母亲和兄弟姐妹,它和你一样,长大了也要结婚生子,你总不能让它在这里打一辈子光棍吧?"父亲的话虽然很普通,却打动了我的心。我知道父亲的心理,其实父亲就像一只笼里的鸟。

我把八哥带到田野放飞,可八哥还是飞到我家的笼子里。于是我不得不把笼子藏起来,重新到田野里放飞,并对八哥说:"你应该去寻找你的亲人,寻找自由的天空。"

放飞的八哥虽然不住我家,但每天会飞到我家大门口的树上叫几声,然后恋恋不舍地飞走。后来我去外面读书,没有再看到那只八哥。

父亲对我说,我走了,八哥仍然会来到我家门口的树上,一次八哥带来另一只八哥飞进了我家,在堂前盘旋了三圈才飞走。父亲告诉我,另外一只八哥肯定是它的伴侣,因为一年半后,这对八哥又带了五只小八哥飞到我家。

被打压出来的名人

——一个名叫傻傻的自述

我叫傻傻,这名字当然不是我父母取的,也不是本人取的,本人再傻也不会取名傻傻。

在我还没出生之前,父母就给我取了一个好听又有阳刚之气的名字,还叫算命先生测算,算命先生也说这名取得好,算命先生说这孩子带双火,火、火、命里跑火。

我母亲说,我出生那天是晴空万里,在呱呱坠地时却雷声滚滚,大雨倾盆而下,算命先生听后连连说,这孩子今后必有出息。

父母说我从小就聪明伶俐,左邻右舍都夸我是"机灵鬼"。后来我上学了,学习成绩总是名列前茅,奖状贴得我家墙上都装不下。

我还有一个爱好就是画画,高考时,我原准备报考中文,因为我的作文写得特棒,报刊上经常有我发表的小豆腐块。可我搞美术的舅舅说,我很有画家的天赋,我应该去读美院。于是我报考了美院。

毕业后,鬼使神差我却被分配到了报社工作,我去人事局说，我是学画画的，怎么不把我分到书画院或群众艺术馆，人事局的官员说，报社缺美编，你也填了服从分配，不去就不再分配你的工作了。

我去报社上班了，我这个美编一个月偶尔才配一两次图，也就闲着，闲来无事就拿几张本报的报纸涂鸦起来，或练练毛笔字，或看看书。

在领导和同事面前，我是傻里傻气的画痴，说到我时，他们就会这样说："啊哟，你说的是那傻傻……"然后他们都会心声地笑笑。我这个傻傻就在报社傻傻地工作了十多年，却一直没有跑火过。

不过我还真的跑火过一次。那是一个夏天，总编辑的老同学去省里开会路过本报，总编辑陪这位在邻市当宣传部部长的同学来报社看看。看过之后，他突然问起了我，说要看看我的画，总编辑感觉很奇怪，问老同学，我是不是他的亲戚，部长摇摇头笑了起来说："他是一位很有发展的实力派青年画家。"

部长走后，我被叫到总编辑办公室被训斥了一顿："为什么你在外面获了那么多奖也不告诉一声，搞得我在老同学面前出洋相。我看你这人一点都不傻。"这事还没有引起大的波浪，半年之后，这位宣传部部长打来电话说要调我去邻市当书画院的院长，总编辑问："书画院的院长是什么级别？"

"副处级。"

"可他连个科级也不是。"

对方说："我要的是专业人才，科级处级干部我们这里不缺。"

这个电话更让总编辑吃惊，我不但没走成，反而受牵累。之后被调到记者部当记者，调到记者部我不再清闲，不再有时间画画了。我知道他们认为我这个傻傻的，除了画画是不会写新闻的，在他们的眼里我是个新闻盲，连新闻的几要素也不知道。等着瞧吧，看傻傻的洋相。

总编辑和主任来了，总编辑说，报社的惯例是初来当记者的三个月只要完成任务的一半100分就行，三个月之后就和其他记者一样，多写多拿，少写少拿，没完成任务还要扣工资。

我这个傻傻说，第一个月就和其他记者同样考核。没想到我第一个月就写了250分，第二个月就写了419分，比那些老记者们还多，之后的几个月我是记者部拿钱最多的人，于是总编辑发话，超过400分的不再发钱。

我想不发就不发，我每月写300分，有时间写写评论，这一写一发不可收，稿费像雪片一样飞来，多的一个月一万多元，少的时候也有几千元，在那个时候，我在报社一个月的收入还不到二千元钱，还一不小心成了个知名时评家。

总编辑更火了，常常在大会小会上骂我傻傻，说傻傻不务正业。

傻傻火了，和总编辑吵了一架。之后就不再上班了，画他的画去了，而且一画就名声大振。

傻傻的画如今一幅可卖20万元。那位总编辑却说，这真是傻人有傻福，我怎么没有那么傻？当初我要是叫傻傻画5幅给我就好，那就赚100万了。

城市以古老为骄傲

"一个城市是不是令人尊敬,是不是让人神往,是不是能让人徜徉其中流连忘返,只要看看这个城市是否有'老城区',看看城市的主人会不会微笑着告诉你——'现在我们进入了老城区'。"这是杂文家徐迅雷说的一句话。

徐迅雷先生是去了一趟欧洲,耳闻目睹后,发出了如此感慨。他看到了欧洲许多城市的老城区保护保存得非常好,他说,伯尔尼那中世纪的古城,今天看去,美丽得让你屏住呼吸。日内瓦城市的高度在百年前就确立了,那就是圣皮埃尔教堂落成时的高度37.5米,城市"控高点"的存在,正是对老城区老建筑发自内心的尊重。

我没有去过欧洲,但我却有徐先生同样的感受。当朋友来潮州,进入潮州的老城区,我会骄傲地告诉朋友:"我们进入了老城区。"然后对老城区的古老建筑一一介绍,这是千年古刹开元寺,始建于唐开元二十六年,有1200多年的历史;这是研究我国古建筑不可多得的实体,一座很有宋代特色的建筑许驸马府,始建于北宋年间,有近千年的历史;这是中国四大古桥之一的湘子桥,始建于南宋乾道七年,有800多年的历史;这是近代优秀建筑己略黄公祠,被誉为"中国木雕一绝"……我如数家珍般地向朋友讲述着,那种骄傲之情,溢于言表。

在潮州老城区,古的老的随处可见,古寺、古桥、古井、古塔、古台、古牌坊、古学宫、古书院、古城楼、古石刻、古民居、古戏馆……如果哪一天徐迅雷先生来潮州,看到如此之多的古老建筑,我想他是不是会发出这样的感慨:"想不到中国还有这样一座古老的城市!"

徐迅雷先生说,当年梁思成为了保护老北京城,建议在老城外建一个新城,惜乎未被采纳,于是老北京城很快就被拆了十之八九,已成中华民族文化史上的巨大遗憾。

我要告诉徐先生的是潮州就没有这种遗憾,因为潮州就是在老城外建了新城。对老城区老建筑发自内心的尊重,不只是日内瓦城是,潮州也是,当年潮州要在老城区开元寺前建开元广场,规划市场时有一幢7层建筑,但市长请来了同济大学的专家们进行现场考察论证。专家们的意见是在这座古城搞建筑不宜超过4层。从此,建筑就以此为"控高点"。还有,潮州在抢修古文物上是舍得花大钱的,有哪座城市会如此奢侈抢修古文物?不到八年的时间投入2亿多元。

在古老的中国,潮州的历史并不算很长,只有1600年的历史,但我可以这样说,在当今,中国还没有哪一座城市有这样古老,这样说,是因为潮州的古老是多元化的,古的繁杂,古的齐全。也许有人说,潮州的古建筑也只有千年历史,比潮州古建筑历史长的还很多。的确,如果以古建筑来衡量,潮州并不算最古老。但从语言、风俗、文化等方面来说,恐怕是其他城市望尘莫及的。一曲古老的潮乐，已经演绎成"东方交响乐"，在中华民族乐苑大家庭中独树一帜。从曲牌到演奏到韵律，保存得如此之好。中国音乐学院的琵琶专家刘德海先生说潮州音乐是唯独一个没有被污染的绿色音乐。

潮语是保留着中原古音最全的一个语种，是汉语的活化石。至今仍保留着古汉语若干属性，保留了孔子的正读法，保存古汉语入声字。这样古老的语言何处去寻？2006年，是我国第一个文化遗产日，国务院确定公布的首批国家级非物质文化遗产名录中，潮州就有6项，入选项目在全国名列前茅，夺广东省之冠，如今国家非物质文化遗产代表性项目，潮州已有172项。

我们曾以日新月异的现代化都市而骄傲过，但当我们走进一座座城市，总是看到一些人造景观、克隆的标志性建筑。而一些有独特个性，有历史价值和文物价值的建筑却被拆迁。越来越多的城市成为败笔：一样的标识风格，没有自己的个性和文化。之后，我们再无法骄傲得起来，而是感到了痛惜！

城市原本就应该担负起进行文化传递和提升市民精神品质的责任。历史的载体不在教科书中，而是在有质感、有形体、有生命痕迹的城市里。但如果城市中的历史建筑被轻率地拆除和抛弃，这种现象得不到改变，我们的城市将必然地、一步步走向空洞和萎靡。当代现代主义建筑大师贝聿铭说："中国的建筑已经彻底走进了死胡同。建筑师无路可走了，在这点上中国的建筑师会同意我的看法。"

骄傲的是，潮州这座城市并没有像其他城市一样走进死胡同，老城区依旧古老，新城区日益新潮。

风车的哲学

由于种过多年田的缘故，去乡村，见到农具总要上去抚摸一下，像抚摸曾经历的那些岁月，像抚摸土地的那份厚重，亲情感油然而生。锄头、禾耙、铁锨、风车、犁铧……像电影镜头一幕一幕地掀起了我那尘封的记忆。

这些农具最复杂最精致的是风车，稻子收割后，放在晒场上晒后，就要风车来辨认出稻谷的轻重虚实。此时，风车就会出现在晒谷场上，远看犹如一匹站立着的马。

记得那是读小学的时候，放学后我和村里孩子最喜欢去晒场上去玩耍。那是一个秋天，晒场上放着一堆堆金黄色的稻谷，稻谷的中间是一台风车，大伯把一箩稻谷驮在肩上，走近风车，倒进了风车漏斗里，手便摇了起来，风吹出来了，让饱满的颗粒和干瘪的颗粒各走各的出口。

我们几个小孩围着风车反复揣摩着，然后议论着风藏在风车的哪个部位，争论一直没有结果，不知道风车里的风究竟藏在哪里？于是我们就去问大伯。

大伯笑了，说："风藏在风车的肚子里。"他还说，风是长着眼睛的，它还有一颗灵敏的心，要不，风闭着眼睛，咋就能让饱满的和干瘪的稻谷各归其位呢？

后来我长大了，也学会了使用风车，才知道风车的使用并不是一件简单的事，需要一定的技巧。摇风车要摇得均匀，手上用力不能一下轻一下重，力的把握要与漏斗里漏出的稻谷恰到好处，否则就辨认不出稻谷的轻重虚实来，所以不能小看漏斗上的那块可以来回游动的木块，那是控制稻谷漏出多少的机关。

其实生活中的许多事犹如风车扇谷，哪些事情是重要的，哪些是不重要的，在头脑里摇一摇，扇一扇，然后让它们各归其位。在做的时候是先重后轻，还先轻后重呢？当然要根据实际情况量力而行。

农民为何要把饱满的和干瘪的稻谷扇得一分为三？因为这样做，好的稻谷能卖上好价钱，稍干瘪的稻谷机碎成粉末又能喂猪喂鸡，而那轻瘪瘪的就一把火烧掉。

这是一种取舍，人最难做好的就是取舍，所以，要借用风车的力量，借用风车的哲学。

风车的哲学，其实是一种人生的哲学，你要有所取，就必须有所舍。我们不管干什么，有得就有失，要有收获，就必付出，付出就是舍。

生活中，往往是取易舍难，就像风车控制漏斗的机关那样，要把握并不容易。取得或许需要智慧和勇气；而毅然豁舍，需更高的智慧和勇气。

人的多米诺骨牌效应

这个世界上好人多坏人少,与人的多米诺骨牌效应是息息相关的。因为人们大多希望自己做好人,而不做坏人。

好人,并非生下来就是好人,坏人,也并非生下来就是坏人。坏人坏是因为坏的东西在他身上不断累积,累积多了,即使一小点坏,也可能在他的身上发生多米诺骨牌效应。

有句谚语叫作:"龙生龙,凤生凤,老鼠的儿子会打洞。"其实老鼠的儿子生下来并不会打洞,而是老鼠打洞,儿子耳濡目染,加上老鼠儿子周围的环境都是打洞的老鼠们,在老鼠儿子身上发生了多米诺骨牌效应。也许这些还不能说明人的多米诺骨牌效应,那么,我就重复那个最古老的故事吧。

说是很久以前,一位盗贼被送上了刑场,在临死之前,这位年轻的盗贼要求见母亲一面,母亲赶来了,盗贼说:"娘,在死之前,儿想吸一口娘的奶。"这位母亲含泪走过去,毫不犹豫地扯开上衣,把奶头伸进了儿子的嘴里,可儿子一口把母亲的乳头咬掉了。痛苦的母亲惶恐地看着儿子,儿子说:"如果不是有你这样的娘,我怎会落到这样的地步!"这盗贼是由偷一个鸡蛋,发展到偷牛,再偷钱偷枪的。从小到大,儿子偷东西回来,做母亲不但不骂儿子，还喜不自胜。再说老家邻村的一个杀人犯，他从小就是在打骂中长大的，他的父母是一天一小吵，二天一大吵，三天就打起来，且这对夫妻总是喜欢和村人相骂打架，打字杀字不离口。环境造就人，此话不假。岳飞之忠，有"岳母刺字"之说，孟子之贤，有"孟母三迁"之传。

其实人的多米诺骨牌效应是有科学性的，日本著名医学博士江本胜从1994年开始一项和水有关的实验，通过一连串对"水结晶"的科学探索，发现水竟具有复制、记忆、感受和传达信息的能力。在装满水的瓶上贴上"感恩"的标签，水的结晶居然像个"心"字；贴上"宰了你"时，水结晶呈现出一个孩子被欺负时的样子……一滴水都能分辨显示出一个词语的美丑，更何况人类。有资料显示：人在受精卵状态时，99%都是水；出生后，水占人体的90%；长到成人时，这一比例减到70%。人本身就是有记忆、感受的高级动物，周围的环境对人的复制、传授能力更强。

不知你发现了这种现象没有？在我们村里，考大学的往往出在同一个家庭里，哥哥姐姐考上了，弟弟妹妹也考上了，我统计过，这样的现象占全村考上大学家庭的80%还多。而父亲是木匠，儿子也是木匠，哥哥是裁缝，弟弟也是裁缝。全村有70多人做裁缝，却是两个家族的人，兄弟姐妹，堂兄堂妹，一脉相传成群一行。到其他村里走走问问，大都如此。说到底，这还是人的多米诺骨牌效应。

失败与成功其实都与人的多米诺骨牌效应有关。多米诺骨牌效应可以让人们团结合作，家兴国强，同样可以导致一场战争，甚至家破国亡。

有人曾讲了这样一件事来说明多米诺骨牌效应，说是楚国有个边境城邑叫卑梁，那里的姑娘和吴国边境城邑的姑娘同在边境上采桑叶，她们在做游戏时，吴国的姑娘不小心踩伤了卑梁的姑娘。卑梁的人带着受伤的姑娘去责备吴国人。吴国人出言不恭，卑梁人十分恼火，杀死吴人走了。吴国人去卑梁报复，把那个卑梁人全家都杀了……这件事越闹越大，两国因此发生了大规模的冲突，把事件一步步推入了不可收拾的境地。

一枚骨牌，竟可成为一场运动，并风靡世界；一滴普通的水，竟可蕴含磅礴的人生万象；一件小事竟可酿成两国灾难，古人云"只要功夫深，铁杵磨成针""勿以恶小而为之，勿以善小而不为"，其实讲的都是人的多米诺骨牌效应。如果你要你的孩子不成坏人，成为一个有作为的人，你就必须清楚自己的一言一行都在影响着孩子，谨慎你的言行，做出好的榜样。

爱的细节

爱是有细节的。

爱的细节一旦被你发觉,你便会因此而感动,感到自己是一个幸福的人,你便会更加珍惜自己的拥有。

其实她是一个很幸福的女人,有一个很爱她的丈夫彬,有一个活泼可爱的女儿,可她总认为自己的生活平静得像一泓清水,没有爱的浪花,她想追求一种时尚的、激情的生活。于是她对丈夫百般挑剔,这也不是,那也不是,平静的生活因此再也不平静了。

她和彬都认为这样不平静的生活再也无法过下去,决定分道扬镳。两人经过多次协商,分割好了财产,女儿归她,彬每月付女儿抚养费3000元,第二天去婚姻登记所。

第二天,她来到了婚姻登记所,一看手机上的时间:7时40分,离上班还有20分钟,这是彬和她约好的时间,说是还有一些事要协商一下,可他怎么没来?

旁边有一家报摊,她走了过去,顺便买了一份报纸,当她看完"百姓版"里的一篇文章后,百感交集,拨打了彬的手机,她泪水涟涟地说:"彬,我决定不离了,我真的不想离了。彬,我真傻,过去我怎么没有观察到这些细节?"

对方问什么细节,她激动地说:"爱的细节,对,爱的细节。你没看今天的报纸?"我念给你听:"很多人没有察觉到一种珍贵的爱——爱的细节。没有察觉往往是因为细节太细太小,不惹人注意,或者是熟悉的地方没风景。其实世界上还有什么东西比细节更能诠释爱?!"

"吃饭了,丈夫总是先盛一碗给妻子,然后再为自己盛。

"双休日,夫妻出外游玩后回家,口渴了,出发前丈夫准备好的一杯凉开水总是先让妻子喝后,丈夫再喝。腰酸了,丈夫为妻子按摩,其实丈夫也很累……"

她再也念不去了,因为那上面都是彬的爱的细节。

然而她更没有想到,这篇文章是丈夫彬的又一个爱的细节。

孩子成长怎能离开阅读？

在这个浮躁的时代，静下心来读书的人越来越少。试问如今，还有几人能真正静下心来去静静地读马尔克斯的《百年孤独》？还有几人能静下心来与爱人一起静静地听一曲肖邦的《小夜曲》？

有人说，上大学的人越来越多，有文化的人越来越少。这是因为浮躁是一种传染病，不仅在人群中广泛传播，成几何级数增加，而且会影响到下一代。假如我们都浮躁，在家里就会潜移默化地影响着自己的孩子，也让孩子得浮躁病。所以，作为家长，就应该静下心来阅读一些书，以身作则，让孩子也跟着阅读，从而远离浮躁。

"上大学的人越来越多，有文化的人越来越少"，源于当今教育体制。幻想着播下素质教育的龙种，收获的却是应试教育的跳蚤。由于唯分数论，孩子从小学开始就有做不完的作业，每天晚上做作业到深夜。不少孩子从一年级就没有双休日，补语文、数学，还要学画画，学钢琴等等，哪里还有时间去阅读？

我写过一篇《"小考"赛过"高考"》的文章，说的是小学升学考试比高考还要难，因为我工作的城市优质初中就三所，录取学生2000多名，却有万名小学生竞争，孩子们小学就要经历如此残酷的大考。如今从小学到高中，每个阶段都唯分数论，孩子还能有时间去快乐阅读吗？即使阅读，也大多是功利性的，一切都是为了考试，能考个好成绩。由于孩子从小阅读的书籍少，所以上了大学，甚至读了博士，却也是一个没文化的人。

我并不喜欢将来孩子成为一个高文凭没文化的人，所以我对孩子不唯分数论，只要孩子上课听懂了，在班上排名就是倒数，也不会太多地责怪孩子，在我看来，阅读比分数更重要。

从小就培养女儿一种阅读习惯，幼儿时，让她阅读图文并茂的儿童书籍。上小学，从一年级到五年级这段时间，我们尽量给女儿宽松的环境，让她有充足的时间去阅读，她的阅读兴趣非常广泛，文学、历史、天文等书她都阅读，她甚至到网上购买心理学、职场方面的书，我们夫妻只作引导，并不反对，女儿要坚持买，我们就让她去阅读。

尤其是让她有独立的空间，在我看来，让孩子多点自由空间，多点独立思考，是培养一种精神、一种品格。但很多家长说这是"玩心跳"，在这个以分数论英雄，考试即人生的时代，这种做法与"大气候"格格不入，孩子考不上优质资源的初中，就难以考上重点高中，考不上重点高中也就考不上好大学，这不是废了孩子的前途吗？但我始终不这样认为，如果孩子只会读死书，那才是废了孩子。

我对孩子说，你爸就是个高考名落孙山者，但由于养成了阅读的习惯，在家务农8年间，始终保持阅读的习惯，农闲时骑自行车到县城图书馆阅读，农忙时间，是"早见床脚晚不见盘

（桌）脚"，再累再苦，晚上我也要读书写作。可谓"阅世间沧桑，读人生文章"。

阅读是一种习惯，更是一种愉悦，一种享受，一种境界。阅读还是引导灵魂前行的一种方式。正因如此，我在那样艰苦的环境中却仍然持之以恒地阅读，耐得住清贫，始终没有放弃文学创作。由于创作成绩突出，被破格录取到县委工作。

阅读是人生的需要，要不惠普尔就不会说，书籍是屹立在时间的汪洋大海中的灯塔。歌德也说，读一本好书就是和许多高尚的人谈话。这说明阅读是多么重要，孩子读好书越多，越能树立孩子良好的品德。"德者，才之帅也"，只有树立了正确的人生观，未来才有更好的发展。

也许有人说，在科技高度发达的当今社会，个体获取知识的方式很多，何必吊在阅读一棵树上。不错，获取知识的方法多种多样，但谁也无法否认的是，阅读仍是一种最主要的途径。既然是最主要的途径，作为家长显然就要重视阅读。

当今阅读的途径很多，可在手机、电脑上阅读，且十分便捷。但我以为，手机、电脑之类的阅读虽然可以获取大量信息，却是一种浅阅读，由于孩子自控能力差，还可能在手机、电脑上玩游戏着迷，以至误入歧途。要进入深阅读状态，达到一定的思考、创新层次，还是纸质文本佳。因此，我常这样对女儿说：你下单买书，我付款。

我们常说的阅读，主要是指人文方面的内容。个人的气质、品位，便取决于这种阅读。一个技术性的人才，如果没有专业之外的人文阅读，很难说他具有多高的文化修养与品位。

阅读是一种循序渐进的过程，也是循环往复的过程。就像农民挖红薯，循着地底的根须，一挖一刨，一拉一扯，就是一大串，会有一种溢于言表的丰收与喜悦。

我叫女儿阅读《明朝那些事》，看完了，又叫她看看明史等书。阅读可以"按图索骥"来扩展，当女儿喜欢某一个作家，我会让她刨根究底，了解这个作家的爱好与个性，通过延伸和拓展，使她阅读该作家的主要乃至全部作品。好的作品，我会引导她重读。阅读的循环往复，其实就是精读。可以说，经典著作都是经过时间检阅出来的，大浪淘沙，有深邃思想、丰富内容的好书，才会流传下来。因此要引导孩子多读经典著作。一个人能够获得多大的能量，取得多高的成就，很大程度上取决于这种循环往复的阅读。

苏联教育家苏霍姆林斯基曾说过："让学生变聪明的方法，不是补课，不是增加作业量，而是阅读、阅读、再阅读。"童年时代的广泛阅读是孩子积累知识的基础，能为他们以后的发展提供广阔的智力背景，甚至还会对孩子将来正确人生观和世界观的形成都有重大影响。孩子在成长的过程中，不能没有书的陪伴，对于孩子来讲，书籍是最好的营养品，如果孩子的成长过程没有了书籍，就好像生活没有阳光。

实践早已证明，喜爱阅读的孩子的语言能力特强，在听、说、读、写方面的能力比不爱阅读的孩子高，孩子从书中领悟复杂的意念，欣赏语言的美妙。书中的世界无限广阔，充满想象、好奇和机遇，给孩子带来无限的创意，会终身受益。当然，阅读也要讲究科学，科学阅读的一个基本原则是，阅读不能简单机械地重复，而必须带着良好的理解来阅读。

这是莫里索画的一幅《阅读》，作品创作于1869年，母亲在静心地看书，而女儿却专注于母亲。人们至今喜欢这幅画，并不完全是这幅画画得清新、流畅、纯洁、细腻，每一笔触、每一色块都包含着丰富的情感。而是这幅的主题——阅读：母亲在潜移默化地影响着女儿。作为家长就要像这位母亲一样，多陪孩子读一点。可以说，一个喜欢阅读的家庭更容易培养出一个喜欢阅读的孩子。儿童的阅读，既是一种学习手段，也是一种生活方式，家长有责任教会孩子如何热爱生活、享受生活。

威尔逊说，书籍——通过心灵观察世界的窗口。住宅里没有书，犹如房间没有窗户。

爱情在我们生命中的力量

  这是爱情的力量。正因为有了这种上天的力量，他们才如此巧合地走了。他们同年同月同日生，前后差一天死。他们的小儿子说："母亲经常说，不愿意看着父亲去世，而父亲则不愿意过没有母亲的生活。"于是女的先走一天，男的第二天也走了。
  这是一对美国夫妇的爱情故事。"天生一对"的夫妇，女的叫海伦·布朗，男的叫莱斯·布朗，生于1918年12月31日，高中时相恋，结婚后相濡以沫。海伦今年7月16日撒手人寰，莱斯紧随其后，17日离开人世。两人享年94岁。他们从相爱到死，75年来，演绎了一曲生死相随的动人恋歌。他们虽然没有创造"同年同月同日生，同年同月同日死"的世界奇迹，但这样真实浪漫的爱情谁说不是一个奇迹？
  "不求同年同月同日生，但求同年同月同日死。"这是爱情誓言。我参加过许多婚礼，他们都会说这句爱情誓言，有的依然践约，让爱情永恒；有的早已背叛，分道扬镳。不管怎么说，坚守誓言的人还是多数，正因为如此，我们的社会才有这么多幸福的家庭。
  仪征市枣林湾生态园一对已结婚65年的同龄夫妇，就是同年同月同日死的。报道说，83岁的李令国，上午9点左右去世，3小时后，老伴魏修珍在哭泣中随他而去。

"老两口18岁的时候就结了婚，风风雨雨65年，一直都是相亲相爱。一起种菜，一起喂猪，一起收稻子。"老人侄子李子德如此说，两位老人不仅同年出生，而且同年同月同日驾鹤西去，既是偶然，也应验了他们一直相依相伴的感情。

在魏修珍卧病在床的这三年，她的一个手势、一个眼神，李令国马上就能准确领会她的意思。

成都有对姐弟恋，"姐"廖氏100岁的生日那天，与88岁的"弟"周建文同天驾鹤西去。他们的外孙女燕子回忆说，二老于1936年结婚，当时周家是安仁镇上的富农家庭。外婆是地主家的女儿，每日坐在门槛上绣花，身穿小袄，头戴银钗。周建文的哥哥看中了廖的容貌和才艺，于是回家和弟弟提起。周家找了媒人，27岁的外婆就嫁给了15岁的外公。风风雨雨，相濡以沫，两人携手走过了73年。

20年前，周老汉在子孙面前这样说："我们一定要一起走，你妈妈死了，我也就不能活了，她是我的命。"这就是爱，爱的誓言。

再回到海伦和莱斯的爱情故事，他们是在高中时相识相恋，渴望共组家庭。但他们的爱情遭遇到阻力，因为门不当户不对，海伦出生于工薪家庭，而莱斯家富裕，双方父母都反对两人结婚，认为他们的爱情不会持久。但是谁也没有想到他们的爱情却持久了整整75年，27000多个日日夜夜。

有一首歌叫《永远相信爱情》，歌中唱到："哪怕风吹雨淋，只愿和你同生共寝。"1937年9月19日,应是海伦和莱斯夫最难以忘记的日子,因为这一天是他们私奔的日子。或许他们当初不私奔,就没有后来的携手步入婚姻殿堂。私奔是要勇气的,这勇气来自爱情的力量。

由私奔,我想起"爱情天梯"的故事。这个爱情阶梯有6000多级,都是刘国江为"老妈子"徐朝清用铁铣凿下的。每一级阶梯都能见证爱情,因为刘国江怕台阶长出青苔,每一场雨后他都会用手搽,搽了就不再滑而跌倒人。说这个故事,是因为他们为避开世俗的眼光而私奔。他们生长于偏僻的山村,但封闭的山村也有爱情。那年他6岁,16岁的她成了别人的新娘,惊鸿一瞥令他印象深刻;他16岁时,26岁的她丧夫守寡令他不胜爱怜。一个小伙子娶一个大他10岁的寡妇,在那个时候需要多大的勇气?

记得泰戈尔说过:"情若被束缚,世人的旅程即刻中止。爱情若葬入坟墓,旅人就是倒在坟上的墓碑。就像船的特点是被驾驭着航行,爱情不允许被幽禁,只允许被推向前。爱情纽带的力量,足以粉碎一切羁绊。"这对相爱的人,携手私奔进海拔1500米的深山老林,从此远离一切现代文明。

女人称男人"小伙子",是因为他年轻,男人称女人"老妈子",是因为她年龄比他大,还是孩子的妈妈。"老妈子"一辈子没下过几次山,但为让她能安全出行,"小伙子"一辈子都忙着在悬崖峭壁上凿石梯通向外界,一凿就是半个世纪,由此凿出了令人叹为观止的——6000多级"爱情天梯",成为凿入大山的爱的刻度。

是的，这份纯美的爱情最终化作了通往天国的"爱情天梯"，成为永恒。

杜拉斯说："爱之于我，不是肌肤之亲，不是一蔬一饭，它是一种不死的欲望，是疲惫生活中的英雄梦想。"是的，爱情虽不是一个人的全部，但它的力量却超过所有的生命。

我们可以不相信永恒，但我们不得不相信爱情！

那个被绳子拴着的孩子

这是一幅新闻图片：一个四五岁的孩子，身子被绳子拴着，绳子的另一头系在桌子脚上。全家人忙着卖夜宵，哪有时间顾及孩子。网友把图片放在微博上引起了热议，不少人称"看得心酸"，指责家长狠心。

然而，我不认为家长狠心，生活所迫，只能把孩子用绳子拴着。或许有人说，把孩子送到托儿所去，说得容易，穷人送不起，晚上也要托的，那是全托，全托一个需要多少钱，穷人付得起吗？

看了这幅图片，的确让人心酸，仿佛那个被绳子拴着的孩子就是我。应该说，这孩子一定比我还幸福，至少被拴着时，父母、爷爷还在看着他。而我被拴着时，四五个小时没人在家。听大人们讲，小的时候父母就是把我用绳子拴在桌子脚上，父母为了生存，每天起早贪黑地赚工分。那个时候，如果家里没有老年人或大点的孩子，幼小孩子都没有人看管，不会走路的幼儿躺在箩筐里，会走路的拴在一个地方。

我们家的老房子住着三户人家，对面住着一家老夫妻，我叫爷爷奶奶，他们也与我父母一样，都是到生产队干农活赚工分养家糊口的。记得那是刚读小学，一天放学回家，我看到邻居那被拴着的孩子抓自己屙的屎吃，我说这孩子怎么不知臭，屎也抓去吃。住在对面的奶奶笑了，说我是五十步笑百步，小的时候也和小弟弟一样抓屎吃。

听邻居奶奶说，我学会了走路就拴在桌子下，父母休工回家才解开拴着我的绳子。一天奶奶从田坂上回生产队的仓库里拿农具，顺便回家喝口水，便看到抓屎吃的我。她赶紧解开拴着我的绳子，帮我洗手擦嘴，边洗边说，你这个傻瓜，屎也吃，就不怕臭？然后又把地上的屎铲走，才把我用绳子拴上，然后在我的手中放着一个红薯，就匆匆忙忙地赶工去了。那时的农村孩子很少有人看管，大多是这样用绳子拴着。

农村的孩子大都是野孩子，四五岁就到处跑，从村前跑到村后，从村里跑到田野，稍大些就跑得更远。孩子结伴而行，到处撒野，无拘无束，父母几乎是不管的。记得是九岁那年，我和伙伴们去河里游泳，脚抽筋，差点被淹死，回家不敢告诉父母，怕挨打。那时虽然常吃不饱饭，但无忧无虑，天马行空，玩得快乐，因为再也没有那根拴着的绳子。

如今经济条件好了，根本就不愁吃愁穿，孩子想吃什么，做父母的尽量满足，孩子们不缺营养，而是营养过剩。但孩子还没有我那孩提时代那样幸福。他们没有自由的空间，却有一根看不见的绳子在始终拴着他们。星期一至星期五去学校上课，回家有一大堆作业。双休日，上午去奥数班，下午就去作文班，明天不是钢琴班，就是美术班……总之，每周下来，孩子都是忙忙碌碌的，被老师的"绳子"牵着，被父母的"绳子"捆绑着。

曾去一地方旅游，到公园去玩，看到几个小孩各自被家长带着游玩。令人惊奇的是，有的孩子腰上系着一条绳子，绳索的一头由家长紧攥着。每当孩子跑远一点，马上就被拉回父母身边。有游客摇头感叹说：见过遛猫遛狗的，没见过到公园"遛孩子"的。

在当今，孩子被那有形无形的绳子拴着，有形的拴住的不仅是孩子的安全，还拴住了他那颗对世界充满好奇的童心；无形的拴住的不仅是孩子的心，还拴住了本应天真快乐、幸福的童年。

加仂

加仂是我认识30多年的老朋友,他的名字叫周加祥。30多年前,我高考落榜在家务农时,与他做了两趟生意,赚了一些钱。我有钱买书了就不再做,而是继续一边种田,一边读书写作。

后来我被破格选到县委工作,加仂却开发了一个旅游景点,要我去看看,出出主意,给一些景点取名。我游览一圈后,觉得加仂很有眼光,他把这方圆几十里的大山承包下来,承包期一签就是50年,这里有山有水,有美丽的瀑布,还有很多野兽出没。加仂铺路修桥,挖石阶砌扶栏,建起了有山里人特色的木房子,吸引了一批批客人来度假。过了几年,当地政府为了统一管理,要"收编"他的景点。于是加仂拿着政府补偿的几十万元钱,远走他乡去经商。

后来我来到广东工作,他一直在他乡,杳无音信。每次我回家乡去龙虎山上清古镇,都会借问加仂,当地人会说,他在外地做生意没回来。我这样惦记着加仂,用当今流行的话说,是这位老弟很哥们,说一不二,实实在在。

那是多年前的夏天,我陪母亲游龙虎山,再一次来到上清古镇。我再次去寻找加伪。一路问过来，在街头的一家门店老板告诉了我加伪的电话，并指着旁边的大超市说："这个超市就是加伪的。"我拨号一出声，对方就说："是巧俊哥吧？"我笑了，这么多年，加伪竟然一听就知道是我，我们可是 20 年没联系啊！他问我在哪里，我说在你家超市门口。大概过了 10 分钟的时间，他开着车过来了。久别重逢，我们有太多的话要说。

加伪这人有经营头脑，又讲诚信，生意做得风生水起，可他总觉得在外如漂泊的浮萍，回家乡创业才踏实，于是他回到家乡龙虎山承包了 5000 亩山林、2000 多亩水稻田，成立了龙虎山仙龙生态农业有限公司。

龙虎山是中国道教发祥地，世界自然遗产，世界地质公园、国家自然文化双遗产地。这里山清水秀，其森林覆盖面积 62%，雨量充沛，气候温润，空气负离子含量超过正常值 15 倍，是中国名列前茅的天然氧吧。

而加伪就在这个山清水秀的天然氧吧里，种绿色生态有机产品。由于灌溉的水来自清澈的山泉，加伪把这里种出的大米叫"龙泉大米"。加伪告诉我，他建了龙虎山仙龙生态上清村基地和龙虎山仙龙生态泉源村基地两大基地，这两大有机生产基地远离城区、工矿区、交通主干线、工业污染源、生活垃圾场等，因此保证了灌溉水源清净无害，确保了水稻生长区无任何污染源。从两个基地的地理位置来看，种有机农产品应是最佳之地。

上清村基地的北侧是一条宽 2 米的小溪，小溪边种植灌木，外侧种植常规水稻；东侧、南侧均为野生树林；基地西侧是宽 2

米的荒地，外侧宽2米的农田路相隔，另外路侧种植常规水稻。而泉源村基地是坐落在景区天一山山坳里。

那是8月的一天，我来到了加伈的上清基地，看到一老农在撒播种子，便问是不是撒播红花草籽。他说是，这让我有一种久违的亲切感。红花草曾是我家乡的一宝，如今几乎很少有人种红花草做基肥，而是图省事用化肥，造成土壤板结与污染。红花草根瘤菌丰富，能有效改善土壤，是最好的有机肥。老农说，也只有他们公司才种这红花草，8月中旬撒入红花草，自然生长，每年2月份作为肥料直接翻地，土壤休闲3个月，使其有更多的时间自然恢复肥力后再重复种植。我和老农坐在田埂上聊了起来，老农瞧着我说，你肯定种过田，要不，不会问得如此在行。我说老哥你说得对，我种过8年田。

他告诉我，育苗采用的是传统方式，种子品种为美香占二号、五香紫米。我问老农育苗期间如何预防病虫害，他说采用生姜水、辣椒水、醋、菜籽油、炉灰等用水混合施入育苗基地。他们种植的都是一季稻，一季时间长，光合作用多，且米质优。

老农还说，由于基地土壤肥沃，生物多样性丰富，加上地理位置的优越，病虫害发生较少。少数情况下发生病虫害采用物理和农业防治措施，常用辣椒草、烟叶杆的植物熬水喷施，起到驱虫作用；对于草害，均采用人工除草方式清除。说归说，有权威部门认证才算数，北京五岳华夏管理技术中心依据生产、标识、销售、管理体系四个方面的检测认证，认证了龙泉大米是纯天然绿色有机产品。

我问加仂这龙泉大米多少钱一斤，他告诉我美香占二号每斤10元、五香紫米每斤20元。我说这么贵也有人买吗？他笑着说，龙泉大米主要是被你们广东人吃了，再就是销给北京、上海和当地人吃。

是啊，如今人们的生活水平提高了，就是20元一斤的大米，一个月又能吃多少钱？关键是吃得健康有营养。加仂说，你少去酒店吃一餐，就有半年全家买有机大米的钱。

听了加仂的话后，我觉得很对，从此我家就买纯天然的有机大米吃。

村庄的孤独

去乡村走一走,看到的是乡村不再人气旺,不再有青春的活泼,唯有春节时,年轻人都回来了,他们带回了人气和青春,可当他们走了,一切回归寂寞与孤独。

村庄里那种曾经的热闹,已经一去不复返了。村庄出去的年轻人再也不愿意回到这块生他养他的土地。他们不再眷恋这块土地,是因为这块土地不能让他们过上幸福的生活。起初是年轻人走了,年轻人在城市扎住了根,然后就会把年老的父母带走,于是村庄往往就留几个人在坚守。

这是新华社发的图片新闻,茫茫荒野只有两个人在那土地上耕种,显得荒凉而缺失人气。图片说明是这样写的:圪洞峁是黄土高原深处的一个小山村,20多年前,这里还有30多户人家,200多村民,从20世纪90年代开始,不愿再过面朝黄土背朝天日子的村民陆续走出大山,寻求新的生活。如今,整个村子只剩下50多岁的王明厚和高生花老两口,他们养鸡喂羊,在村民留下的500多亩耕地上随意耕种着。

他们俩可随意耕种,可他们毕竟年老了,就是年轻,他们也只能耕种十几亩地,这500多亩耕地也只有撂荒。

这是两个人的村庄，2012年我去过一个人的村庄采访，然后我写了《一个女人的村庄》：

这是一个女人的村庄。说是一个女人的村庄，是整个村庄就住着这样一个女人。女人是孤独的，和这个村前的那口井一样孤独，女人是寂寞的，和这个村庄一样寂寞，除了有她养的几只小狗偶尔发出吠声，再也难以听到其他动物的声音了。

在女人家门口的左侧，靠墙，放着一个石磨，上面落满了灰尘，这石磨应是她家的"古董"。石磨保留着，是不是保留着一种怀念？女人洗过这石磨吗？就是洗，不管你怎么洗，尘埃跟岁月还是一起渗了进去，石磨色泽还是一年比一年厚重起来。或许是女人为何要把石磨摆在门前的理由，因为从外归来也好，一觉醒来打开大门也好，第一眼就看到了眼前的石磨。或许当年女人的丈夫推着磨，女人在旁边把豆子和水均匀地放在石磨臼齿里，豆浆随着旋转的石磨流了出来……这是多么美好的回忆，她的丈夫早走了，留下女人坚守这孤独的一个村庄。

女人的村庄叫乌树埔村，离城市并不远，只有40分钟的车程。但20多年前，一场霜冻，把村里的果树全冻死了，难以糊口，于是人们纷纷出去打工，陆续搬迁出去。这个百人村庄，从此只有女人和她丈夫在坚守，后来丈夫走了，留下这个孤独的女人。

圪洞峁是黄土高原深处的一个小山村，显然比乌树埔村偏僻遥远。如今整个村就他俩坚守，夫妻同守还有个伴，但随着岁月的流逝，人总是会老的，他们还能坚持多久，就是坚持，最后也可能像乌树埔村那样，最后只剩下一个人坚守。显然，这不是什么世外桃源，是孤独的生存。

一个女人的村庄也好，两个人的村庄也好，其实都是当今中国乡村社会变迁的一个缩影。年轻人走了，这或许是一种趋势，村庄孤独寂静这已成现实，我们要做的不是诧异与叹息，而是多些注视这些村庄的眼光，关注这当中个体的命运。比如政府工作人员去走访他们，比如医生去帮助他们检查一下身体，为他们备一些常用的药，或者志愿者送些他们所需要的生活用品……总之别再冷落了他们，遗忘了他们。

村庄随着年轻人的一个个逃离而孤独，而老气。青春不再的村庄，未来也就可想而知，这不仅仅是乡愁的问题，就是不用拆迁，这样下去也会自然消失。村庄消失了，那肥沃的土地也就荒芜了……

当癞蛤蟆吃到天鹅蛋……

编过不少陈仓先生的寓言,他的每一篇寓言都是一则人生的哲理故事,只要好好地体会理解,就会明白寓言的含义。陈仓的寓言,看过后常常会令人拍案叫好,会反复去阅读,玩味其中的道理与幽默感。陈仓寓言的特色就是具有强烈的现实感,读陈仓的寓言,再联想现实,你会忍俊不禁。

对"癞蛤蟆想吃天鹅肉"这个成语,大家都熟悉,比喻人没有自知之明,一心想谋取不可能到手的东西。但你听过"癞蛤蟆吃到天鹅蛋"吗?这是陈仓先生的寓言,故事含义恰恰与"癞蛤蟆想吃天鹅肉"有点相反。整篇寓言350字,结构很简短,但主题深刻,道理却在简单的故事中体现了出来。还是看看这篇寓言:

大河边,柳树下,老虎、狮子、黑熊、豹子、狼和狐狸啸聚一起,野兽们望着天空飞翔的天鹅,个个馋涎欲滴,恨不得立即插翅飞向蓝天,咬住白天鹅。

野兽们嚎叫,蛤蟆呱呱叫,狐狸很诧异,尖叫一声,脱口而出:"哈哈,怪哉!癞蛤蟆也想吃天鹅肉?"

狐狸的调侃逗得野兽们哈哈大笑。面对突如其来的羞辱,蛤蟆镇静自若,没有发作,它迅速想着如何应对这群自以为是、蛮横霸道的野兽。

"是的,我吃不到天鹅肉,不过,我可以吃到天鹅蛋,你们行吗?"蛤蟆撂下两句轻重合适的话,转身爬向河边的沼泽地。蛤蟆早已侦察过,沼泽地深处是白天鹅的栖息地,那里有许多天鹅蛋。

远远看见蛤蟆居然吃到天鹅蛋,而且边吃边唱歌,野兽们愤怒了,它们奋不顾身地奔向沼泽地,不料,老虎、狮子、黑熊、豹子、狼和狐狸,一个接一个地深陷泥沼,难以自拔,慢慢地,野兽们全部淹没在沼泽地里。

其实在生活中就有不少吃到天鹅蛋的癞蛤蟆,我应算是一个吧。小的时候,我母亲多次对我说,家里又穷,成分又不好,你这个地主的孙子如不努力就要打一辈子光棍。我听烦了,就对母亲说:"我要娶一个像小郭那样的姑娘做老婆。"母亲笑了,你能娶上小郭那样的姑娘,妈就高兴了,不过你这是"癞蛤蟆想吃天鹅肉"。

小郭是上海知青,在村里当赤脚医生,那是一个长得水灵灵、有涵养的姑娘,只要她打针,男孩子都不会哭,在乡村那时是天上掉下的仙女。不过,我听了母亲的话后问母亲,天鹅是不是鸟?母亲说是天上的鸟。我说天上的鸟我吃不到,但树上鸟巢里的蛋爬上树就能吃到。母亲说,蛋不是鸟,我立即反驳母亲说,没有蛋哪有鸟?母亲于是骂我只有贫嘴的本事。

高考落榜回乡务农,但那个时候我很想当作家,想去作协写小说,或去报社当记者,可我不敢坦然说出自己的理想,只是默默地读书写作，我怕人家讥笑我是"癞蛤蟆想吃天鹅肉"，你一个农民，这现实吗？

美国也有"癞蛤蟆吃到天鹅蛋"的，这个人叫阿诺德·施瓦辛格。50多年前，美国有一个自小生活在贫民窟里的穷小子，10多岁的时候立志要做美国总统。这个穷小子还拟订了这样一系列连锁目标：做名人，娶一位豪门千金做妻子，融入财团，竞选美国州长。按照这样的宏伟计划，他22岁时，第一目标有了眉目，因为他进入了美国好莱坞，之后花了10年的时间打造自己，终成明星。他的女友是赫赫有名的肯尼迪总统的侄女。这个名门望族在他们相恋了9年之后，才接纳了他这个"黑脸庄稼人"。2003年，他告退了影坛，转而从政，并成功地竞选成为加州州长。

思想有多远，我们就能走多远。美国人就欣赏这穷小子有志气，而在我们的这块土地上，就可能不是欣赏，而是另一种眼光："这穷小子口出狂言！""癞蛤蟆想吃天鹅肉。"

莫言如果在家乡啃大葱充饥，还说我要当世界著名作家，获诺贝尔文学奖，会不会有人说他疯了？就是后来他写小说出了名，他夸海口说要获诺贝尔文学奖，会不会有人蹦出一句"癞蛤蟆想吃天鹅肉"？

从小我就喜欢寓言，比如《揠苗助长》《守株待兔》《刻舟求剑》《画蛇添足》等，还有"和氏献璧"的故事，曲折感人；"造父御马"则描绘出造父是专政制度最佳辩护的人物形象……故事情节曲折，宛如一篇短篇小说。这些寓言，其成功之处在于故事的可读性很强，无论人们的文化水准高低，都能在简练明晰的故事中悟出道理。

　　写寓言，要有非常扎实的文字功底，善讲故事，还应是一个思想家、哲学家，否则其寓言就缺失思想与哲理，就难以达耐人寻味、声名远播的效果。陈仓就是这样有思想的寓言家。

　　寓言故事的寓意是寓言创作的灵魂。好的寓言的寓意，会随着读者的阅读进程而逐渐明晰。这是寓言独立作为一种文学体裁的魅力所在。如古代作品《东施效颦》就很有代表性，他的寓意并未直接体现在文字中，但是读过的读者大都体会到东施效颦、欲盖弥彰的效果。而陈仓的《癞蛤蟆吃到天鹅蛋》是反其道，吃不到天鹅肉，我却吃到了天鹅蛋。

什么是兄弟？

在很多人看来，同父同母所生的骨肉就是兄弟，不错，但这只是浅表上的表述，其实兄弟有更深的含义，我对兄弟不做解读，只讲故事，读者可在这些真实故事中细细品味。

一

这是20世纪90年代的故事，那时我还在家乡县委部门任职，朋友老余打电话给我，要我去他公司，他是建筑老板，到他公司已是11点多，他们兄弟俩把我引进公司食堂的包厢内，不一会儿厨师端来一瓷盆红烧的野生甲鱼，一盘青菜，一瓶茅台。

老余说，今天就是我们三人。我们吃了约半个小时，老余说，我请洪老师来，是要当着弟弟说一件事，是要弟弟另起锅灶，去打拼一番事业。

弟弟看着老余说，我不是在这里干得好好的，哥是不是要赶我走？

老余说，不是赶你走，是我们不能吊在一棵树上。你知道你哥嗜赌，我怕哪一天这企业被我赌得破产。这么多年你跟着我干,深知你比我还要强,让你单飞已是时候了。我筹了一大笔资金给你。

弟弟在哥哥的手下干得称心如意,还是不想离开。

我对老余的弟弟说,天下没有不散的宴席,你哥的一片苦心你应理解。从长远来看,你应该离开你哥的公司去发展。这对你整个家族都有利。

再一次去他家吃饭,是老余女儿考上了大学,他的公司早已关门了,而他弟弟的公司在都市里发展很快,弟弟的启动资金是哥哥的,他给了哥哥30%的股份。老余有了这30％的股份,一辈子也不缺钱了。

二

我们家乡除做木雕的多,就是卖眼镜的多。有四兄弟除老大在家乡种田,其余三个全在东北卖眼镜,起初是走巷串户,后是坐店经营卖,生意一个个做得风生水起。

老大的儿女长大了,希望弟弟们牵侄子侄女一把,带出去做生意,三个弟弟没有一个愿意帮忙,说出了各自不带的理由。老大生气地说,你们把小舅子小姨子一个个带出去发了财,叫你们带我儿子就不带,我们还是兄弟吗?

无奈老大的儿子去学泥匠,女儿学裁缝。多年之后,他们的父母都老了,且多病,躺在床上需要人陪伴护理。老大不愿一个人承担,叫他们兄弟都回来尽孝。

三个弟弟都不愿回来,说补钱给老大,老大说,两个老人照顾不了。他们又说，他们出钱叫人照顾父母。老大坚决不同意，别人怎能伺候好父母？孝心是无法替代的，你们三个回来，我们刚好打一桌麻将，不打钱，我陪你们。

老大每天一早，扛着锄头去责任田走一圈，回来陪三个弟弟打麻将。老人叫一声，他们就进去。

一母生四子，皆是兄弟，如今坐在一桌打麻将，一打就是几年。这几年，这三个弟弟无法再去做生意，后悔当初……

三

这家人太穷，却有兄弟姐妹四个，父亲身体又不好，不能干重活，老大在家种田，承担起了这个家庭的重担，供弟弟妹妹们读书，他一边种田，一边到山塘去扛石头，为弟弟妹妹交学费。当初父亲与他商量，要两个妹妹不再上学，出来帮他务农，老大始终不同意。

弟弟妹妹很争气，一个个考上大学。如今有的从政，有的经商。他的两个孩子被弟弟妹妹接到城里去读书，一个考取了重点大学，一个还在读重点高中，孩子的学费，弟妹们争着给。父母的赡养费，也不用老大出一分钱，他逢人就说，他的弟弟妹妹很有孝心，对我这个老大也特别尊重。村里人说，那是你对他们付出得太多。老大对村里人说，其实我是在为自己的未来付出。

四

老乡的弟弟在县城买了一套小楼房，后面的车库在卖，没钱，于是他老爸打电话给他，要他想办法。可他家里只有买车库的一半钱，妻子同意给家里的钱借于他弟弟，不同意再借朋友的钱给他弟弟。最后夫妻闹得差点离婚，但他还是为弟弟筹了这笔钱。理由是如果这车库被别人买了，老父住在弟弟家，打开后门就能看到，老父肯定心里不痛快，说不定会气出病来，如果气出病来，自己又在广东工作，哪还有心思上班？

他告诉我，一次他老父脑出血住医院，弟弟与弟媳争着照顾老父，他从广东回家，弟弟说哥哥放心回广东，不要耽误了工作。

在我家乡有句俗语："生得亲，争不得亲。"兄弟如手足，沧海难改兄弟情，桑田不变兄弟爱。